적절한 고통의 언어를
찾아가는 중입니다

적절한 고통의 언어를 찾아가는 중입니다

질병과 아픔, 이해받지 못하는 불편함에 관하여

오희승 지음

그래
도봄

3년 전 심정지로 쓰러져 그야말로 죽었다 살아난 적이 있다. 힘든 회복기를 거칠 때 지하도 계단을 걸어서 오르다가 큰 가방을 끌어안고 낑낑대는 늙은 여인과 눈이 마주쳤다. 그걸 들어줄 몸 상태가 아니어서 순간 복잡해진 마음을 접고 그냥 올라갔다. 겉보기엔 멀쩡한 장년남으로 보여서 매정하다 손가락질했을 거란 생각에 뒤통수가 따가웠다. 차마 돌아보지 못했다. 대신 몸으로 변명하듯 환자 티를 내며 계단을 오르던 내 모습이 마음속에 사진처럼 찍혀 있다. 그때 여인에게 가서 내가 이러저러한 사정이 있다고 설명해야 했을까. 이 책을 읽으며 그때의 내가 생각났다. 나는 잠깐 그러고 말면 됐지만 저자 오희승은 내내 그렇게 살아왔어야 했다. 자기 증명을 해야 하는데 그걸 할 수 없는 상황은 수도 없이 많다. 자기 증명을 할 능력조차 없는 존재는 더 많다. 오희승은 외모가 화려하다. 얼평을 하자는 게 아니다. 정상적이지 않은 몸 상태와 외형이 일치하지 않아서 자기 증명이 훨씬 어려웠을 거라는 말이다. 걸핏하면 오해받으니 요구받든 아니든 자기 증명의 압박감이 커질 수밖에 없다. 오희승은 한때 장애인등록을 시도한 적이 있다. 진단명은 낙인을 찍는 것이기도 하지만 그녀와 세상과의 연결고리가 되어줄 수도 있으니까. 다행히 작가 희승에겐 남다른 재능이 있다. 자신의 몸과 상처에 대한 사유가 대나무를 수백 가닥 실 크기로 쪼개는 명인의 손길처럼 섬세하다. 불투명한 대나무를 통해 햇빛이 보인다는 느낌이 들 정도로 생각의 결이 미세하다. 단순히 문장의 세밀성에 관한 문제는 아닌 듯싶다. 궁극의 공감을 실감케 하는 그의 시선과 태도 때문일 것이다. 남들에게 내 사정을 모두 설명하고 살 수는 없다. 똑같이 남의 사정을 내가 다 알 수도 없다. 모든 사람에겐 이유가 있다. 보이는 게 다가 아니다. 조금 기다려주거나 찬찬히 물어보면 된다. 그걸로 충분하다. 그거 하나만 피부 호흡하듯 실감해도 이 책을 읽을 이유는 충분하다.

이명수_심리기획자, 《내 마음이 지옥일 때》 저자

프롤로그

2020년 가을의 일이었다. 코로나로 외부활동에 제약이 생기고, 꽤나 긴 기간 동안 격리 아닌 격리 생활을 했던 많은 사람들이 고통을 호소했다. 자유로운 활동이 축소된다는 박탈감, 불투명한 미래에의 불안, 치료가 되지 않는 병에 대한 무력함과 공포가 일상적인 풍경이 되었다. 그 아우성은 내가 불편한 몸으로 살아가면서 일상적으로 느꼈던 좌절과 닮아 있었다. 분위기에 휩쓸려, 아팠던 시절과 수술을 받았던 경험, 회복하는 과정을 그린 몇 편의 글을 SNS에 올렸다. 늘 가슴속 한구석을 차지하던 이야기였지만 평소에는 쉽게 꺼내지 못했는데 어쩐 일인지 툭 내려놓듯이 편하게 써 내려갔다. 가볍게 지난 기억을 기록으로 남겨보자는 마음이었다. 그런데 글을 읽은 몇몇 친구들이 좀 더 발전시켜서 책으로 내면 좋겠다며 응원과 격려의 말을 해주고, 실제 출판사를 소개해주기도 했다. 기록용으로 시작한 글쓰기가 내 삶의 일부로 자리 잡게 된 순간이었다.

아픈 몸으로 사는 경험을 나누고 싶었다. 샤르코-마리-투스라는 희귀병과 퇴행성 고관절염이라는 상대적으로 흔한 병 사이에서, 불편함과 통증 사이를 부유하고 고통과 희망 사이를 오르락내리락했던 경험을 말이다. 아픔을 이야기하기 위해 설명해야 했던 이 병명들은, 하나는 너무 드물어서 이해시키기 어려웠고, 또 다른 하나는 너무 흔해서 변명하는 것처럼 느껴졌다. 어느 경우라도 아픈 상태를 쉽게 꺼내 보이기 어려웠고, 그래서 한때는 인내와 침묵만이 미덕이라고 여겼다. 그러면서도 내내 이 불편함과 아픔을 말하고 싶은 갈증에 시달렸다. 이해받지 못할지라도.

덜컥 책을 쓴다고는 했지만 한 권을 채울 만큼 기억나는 게 많을까, 쓸 말이 있을까, 잘 써야 한다는 부담 이전에 분량 걱정부터 들 정도로 막막했다. 개인적인 하소연에 그치지 않고, 읽는 이에게 의미 있는 이야기가 되려면 어떻게 해야 할까. 질병의 특수성이 강조되어야 할지, 아니면 보편적인 경험을 통한 공감이 필요할지, 욕심은 많았지만 정작 첫걸음을 떼기가 어려웠다.

그렇게 고민하던 중 100미터를 35초 만에 주파해낸 초등학교 시절의 기억이 떠올랐다. 그 기록이 인생 최고의 속도였다. 이후로는 달렸던 기억조차 없다. 왜 서서히 몸의 기능이 떨어지는지 이유를 찾지 못하고 점점 위축되었던 지난날들이 주마등처럼 스쳤다. 당시에는 내가 특이하다고 생각했지만 이제 와서 돌아보면 장애와 비장애의 경계에 있던 내 모습이 어쩌면 남들과 많이 다르지 않다는 생각이 든다. 누구나 살면서 한 번쯤은 불안전하고 단단하지 못한 위치에 서게 된다. 꼭 질병으로 인한 고통이 아니더라도 우리는 모두 저마다의 취약함을 가지고 살아간다. 또 가지고 있는 취약함을 설명하고 방어할 언어를 찾지 못하기도 한다. 내가 하려는 이야기들이 그리 멀게 느껴지지 않겠다는 생각이 들었다. 나라는 사람의 개별성과 구체적인 경험을 통해, 세상과 연결될 수 있을 거라는 소망을 품게 되었다.

글의 실마리를 찾기 위해 참고할 만한 책들을 읽기 시작했다. 아픈 몸으로 살아가며 겪는 고통과 외로움, 삶을 향한 애착과 이별을 준비하는 절절한 이야기들을 접했다. 사회학적으로 질병의 의미를 다룬 연구, 페미니즘적 시각에서 다룬 병과 돌봄, 장애를 가진 몸에 대한 논의, 또 병을 겪는 입장에서 확장되어 간병을 하는 입장을 바라보는 책도 접했다. 책을 읽는 시간들은 글의 흐름을 잡아나가는 데도 도움이 되었지만, 무엇보다 그 과정에서 나 자신이 치유되는 경험을 했다는 것이 큰 의미가 있었다. 책을 읽으며 나의 고통과 닮은 고통을 마주했을 때 위로를 받았다. 제대로 표현하지 못해 삭이기만 했던 감정을 하나하나 세세히 풀어낸 문장들에서 자신을 발견하는 기쁨과 남들에게 설명할 힘이 생겼다는 안정감을 얻었다. "다들 그렇게 살아"라는 말은 폭력적이지만 '내가 가진 고통과 아픔은 남들도 겪는 것이구나'라고 스스로 깨달을 때에는 견딜 힘이 생긴다.

이 책을 통해 같은 병을 앓고 있는 사람들이 공감할 수 있기를, 다른 병이라도 아픔을 관통하는 길에 동료가 있다고 느낄 수 있기를. 또, 가족과 친구, 아끼는 이들을 좀 더 잘 이해하고 싶은 사람들에게 도움이 되기를 소망한다. 서로의 개별성과 다양성, 병의 여러 다른 양상들, 환자의 사회적 위치 등등 여러 차이 때문에 이야기를 하나로 묶는 것은 불가능하다. 그렇기에 한 사람, 또 한 사람 그렇게 각자의 이야기가 더해져야 다채로운 언어가 태어난다고 믿는다. 나의 이야기도 독자의 가슴에서는 각자의 이야기로 피어나가기를 바란다.

글을 쓰면서 그동안 막연하게 힘들었던 마음이 가벼워짐을 느꼈다. 나는 아직도 눈을 감으면 종종 하이웨이스트 스커트에 하이힐을 신고 또각또각 소리를 내며 걷는 모습을 떠올릴 때가 있다. 마치 그렇게 걸으면 인생이 달라질 것처럼, 한 번도 존재해 본 적 없는 나의 존재를 그리워했다. 나 자신을 돌아보는 글쓰기는 환상 속의 나를 조용히, 부드럽게 보내주었다. 아픔을 통과하고 있는 사람들이 어떤 위로를 얻으면 좋겠다고 생각하며 글을 썼는데 오히려 내가 글쓰기의 치유 효과를 누린 것이다.

이 글은 격하게 힘든 시기를 거치고 고통도 잦아들고, 불안도 가라앉은 후에 쓴 것들이다. 오랜 시간이 흐른 만큼, 당시의 생각과 느낌은 지금과는 차이가 있다. 그토록 절박하게 원하고 서글프게 원망했던 모든 것들이 이제는 그렇게 커 보이지 않는다. 그때의 날 선 감정도, 지금의 무뎌짐도 옳다. 고통 속에서 뿜어져 나오던 독과 칼 같던 생각을 가다듬어 글로 표현하게 될 줄은 몰랐다. 병은 진행형이고 몸은 노화한다. 언제 다시 고통이 일상이 될지 모른다. 지금의 찰나와 같은 순간이 드물게 찾아오는 행복 구간일지도 모른다는 걸 직감하며, 아쉬워하기보다는 현재를 더 선명하게 인식하고 감사하며 살고 싶다. 주변에서 받은 사랑을 돌려주고 싶다.

덧붙여 사랑하는 엄마, 아빠, 나와 인생을 함께하기로 약속한 남편, 그리고 영문도 모르고 힘들어 보이는 엄마를 돕고 있는 나의 소중한 아이에게 항상 고맙다. 글쓰기를 적극적으로 지지하고 응원해준 이서희 작가와 따뜻한 조언과 벅찬 응원을 해주신 이명수 선생님, 한 권의 책이 되도록 이끌어주신 그래도봄 대표님에게도 감사드린다.

차례

4   추천의 글

6   프롤로그

1   나도, 남들처럼 살고 싶었다

: 장애와 비장애의 경계에서

19   하이힐을 신고 달리는 여자

24   CMT라는 희귀병과 관절염이라는 흔한 병

30   두 질병이 나를 괴롭힐 때

35   나를 설명할 언어가 생긴다는 것

41   각자의 외로움을 발견한 시간

47   얼마나 아프고 불편해야 장애일까

2 사람답게 사는, 그 어려운 일에 대하여
: 수술과 간병을 받는다는 것

55   고통의 객관화가 가능할까

61   의사는 환자의 지옥을 알지 못한다

67   세 번의 수술

74   슬기로운 입원 생활

80   병원에서 미남 찾기

86   뜻밖의 기억이 나를 치유할 것이다

92   인생의 휴가 같은 날들

3 사랑에도 한계가 있다
: 서로의 '결'이 된다는 것

101   당연한 돌봄은 없다

109   불편함도 억울함도 진실한 감정이다

115   아픈 사람도 놀고 싶다

121   적절한 고통의 언어를 찾아가는 중입니다

127   돌봄에도 휴가가 필요하다

134   공감을 강요하는 순간 일어나는 일들

140   나의 그림자 친구 '걱정이'

146   고통의 결을 버티게 하는 힘

4 | 몸은 상처를 기억한다
: 이해받지 못하는 불편함에 관하여

155 뜻밖의 사과

161 고통을 걷어내고서야 슬퍼할 시간도 생겼다

166 통증이 사라진 뒤 마주한 삶의 한계

172 노년, 좀 더 불편하고 힘든 세계

177 몸은 상처를 기억한다

183 내 몸을 받아들이는 과정

188 아픈 몸과 더불어 살아가는 법

194 여러 결의 아름다움을 찾아서

200 아름다움은 결국 잘 살아가는 일

5 | 나를 깊이 껴안다
: 자신과 가까워지기 위한 몇 가지 방법

207 고통의 연대

213 내가 바라는 관능적인 삶은

219 나의 몸 끌어안기

225 글을 쓰며 아픔을 통과하는 중

231 혼자 (빠져나와) 떠나는 여행

238 가족이라 부르고 사랑이라 쓰는

나도,
남들처럼 살고 싶었다

.. 장애와 비장애의 경계에서

1

하이힐을 신고
달리는 여자

하이힐에 집착했던 때가 있었다. 어른이 된 티를 내고 싶고 매력적으로 보이고 싶어서 안달이 난 스무 살 무렵이었다. 지금 생각하면 덧없는 집착이었지만, 그 시기에 하이힐은 내가 속한 세계에서는 문화적 이상형의 상징과도 같았다. 당시 나는 하이힐을 신고 한껏 멋을 부리는 20대 여자들에게 둘러싸여 있었다. 다들 막 성인이 되었고, 대학생이 되었다는 설렘에 부풀어 있었다. 나 역시 남들이 하는 것은 다 해보고 싶은 마음에 몸에 무리가 되는 줄도 모르고 같이 어울려 다녔다. 그저 일상을 남들과 같은 속도로 살고 싶을 뿐이었다. 강의를 듣고, 학생 식당에 가서 밥을 먹고, 때론 학교 바깥으로 나가 친구들과 맛집을 찾아다니며. 그렇게 여기저기 다니다가 대중교통을 이용해서 집에 오면 녹초가 되어 신발 벗을 힘도 없었다. 심지어 신을 신은 채로 현관에 한참 동안 앉아 있어야 했다.

밖에서는 즐거운 마음으로 돌아다니다 집에 오면 끙끙 앓는 생활의 간극이 너무나 컸다. 발이 아프면 단화라도 신고 다니며 친구들의 삶을 흉내 내기 바빴던 그때부터 고관절 통증이 시작되었다. 서서히 연골이 닳고 있던 상태에서 활동량이 많아지자 불규칙적이고 불연속적인 통증이 느껴졌다. 가만히 있다가도 칼로 찌르는 듯한 통증이 간헐적으로 오고, 관절 부근에 기분 나쁘게 불편한 느낌도 지속되었다.

원래도 남들보다 느렸던 인생의 속도는 대학생이 되자 더 급격히 느려졌다. 정해진 일과에 따라 아주 좁은 생활 범위 내에서만 지내다가 대학생이 되어 갑자기 행동반경이 넓어지면서 통증이 심해졌다. 인생의 속도라는 표현은 과장일 수도 있다. 그러나 적어도 나에겐 일상생활의 속도와 20대의 삶은 시간에 반비례해서 점점 느려지는 것 같았다. 남들은 하이힐을 신고 달리는데 나는 파스를 붙인 채 진통제를 먹고 드러눕기 시작했으니까.

하이힐을 신은 사람을 보고 부럽다고 하면, 넌 키가 크니까 필요 없다는 말을 들었다. 단화라도 신을 수 있기를 간절히 바랐지만 주변의 시선은 냉담했다. 걸어 다니기만 하면 되지 신발이 뭐가 중요하냐며, 그것도 다 허영이라는 비난이 따라붙었다. 사회가 요구하는 격식이나 행위를 자연스럽게 맞출 수 있는 사람들은 그러지 못하고 애초부터 포기해야 하는 사람들의 마음을 잘 모른다. 그런 욕망을 초월하고 무시할 수 있는 것 또한 건강한 사람의 사치이자 특권이라는 것을.

하이힐은 단지 키가 커 보이려고 신는 신발이 아니다. 하이힐을 신음으로써 몸의 자세와 비율이 사회에서 원하는 미의 기준에 가까워지는 효과가 있다. 또한 격식을 갖춘 느낌을 주기도 한다. 사회에서 요구하는 어떤 의례가 있을 때, 나는 구두를 신지 못해서 기준에 맞출 수 없다는 느낌을 받곤 했다. 이건 비단 공적인 자리에서만 요구되는 조건이 아니었다. 가족 모임이나 친구, 사회적 관계에서도 혹시 추레해 보일까 봐 조바심을 냈고, 실제 "좀 더 예쁘게 입고 오지 그랬니"라는 말을 듣기도 했다.

'좀 더 예쁘게'라는 말은 내게는 남들보다 월등하게가 아니라 남들처럼을 의미한다. 또래의 여자들처럼 자신을 치장하는 것, 그래서 튀지 않는 것. 미팅, 소개팅에 나가면 나도 남들처럼 하늘하늘한 원피스에 하이힐을 신고 싶었다. 결혼식에 갈 때는 정장에 구두를 신고 싶었다, 단화일지라도. 하지만 현실은 혼자만 다른 스타일로 차려입어서 터벅터벅 걷는 걸음이 더 눈에 띄지는 않을지, 시선이 쏠리는 면접장에서는 내 어색한 움직임이 더 드러나지는 않을지, 늘 초조했다. 남들처럼 할 수 없었던 내 눈에는, 한 덩어리처럼 비슷한 모습을 한 다른 아이들이 너무 안락해 보였다. 구두를 신으면 제대로 서 있지도 못하면서 갖고 싶은 마음에 자꾸 사 모았다.

구두는, 특히 하이힐은 내가 갖고 싶은 흠 없는 몸을 상징한다. 예쁘다는 것은 남들과 비슷한 평균치의 모습을 가지는 것이었다. 내가 생각하는 20대 여자의 평균치는 160~165cm 정도의 키, 45~55kg 사이의 몸무게, 어디 모난 곳 없는 이목구비, 하얀 피부, 하이힐을 신을 수 있는 건강, 취미 삼아 운동 한두 가지 정도 할 수 있는 신체적 능력 등을 갖춘 '대학생'이었다. 흔할 것 같은 조건이지만 여기에 속하지 않는 사람은 또한 얼마나 많은가. 그럼에도 당시 나는 큰 편견에 사로잡혀 있었다. 그리고 내 몸이 이 기준을 충족하지 못하자 외모 콤플렉스가 생겼다.

처음에는 대수롭지 않게 넘겼던 사소한 것들이 마음에 생채기를 남기기 시작했다. 콤플렉스는 포근하고 평평해 보이는 잔디밭에 볼록 솟아서 걸려 넘어지게 만드는 돌멩이와도 같다. 보이지 않거나 예측할 수 없는 곳에서 사람을 무너트린다. 아름다움은 건강과 맞닿아 있었고, 나는 함량 미달의 사람처럼 느껴졌다. 당시 나는 신체 기능적인 면에서의 열등함보다 외적으로 드러나는 미추美醜를 더 중요하게 여겼다. 외모 하나로 경쟁하는 걸 당연하게 생각하던 시기여서 더 그랬는지도 모른다. 단지 예뻐 보이고 싶은 시도에 많은 변명을 붙여야만 할 것 같았다.

걷지도 못할 구두에 발을 욱여넣으며 젊음을 그저 낭비해버린 것은 아니었을까? 20대 때 무리하면서까지 남들처럼 살아본 것은 경험을 쌓았다는 점에서는 잘한 일이었을까? 아니면 정적인 활동을 하며 몸을 돌보고 장기적인 계획을 짰어야 했나? 나의 20대는 여러 질문과 함께 아쉬움만 남기고 지나갔다. 하긴 대부분의 젊음은 탕진하기 마련이다. 남들도 어리석게 낭비해버리고 애틋해하며 되돌아보는 게 젊음이니.

CMT라는 희귀병과
관절염이라는 흔한 병

아버지는 거울이 깨지는 것을 극도로 싫어 했다. 내가 책상 위에 거울을 위태롭게 놓아두면 화를 내면서 거울이 깨지면 불길하다고 똑바로 놓으라고 했다. 흔히 거울이 깨지면 예사롭지 않은 일이 생길 전조일까 봐 불안해한다. 거울처럼 어떤 상을 비추는 물건은 비치는 대상의 영혼을 담는다고 여긴다. 그래서 거울이 부서지는 것은 곧 소중한 것을 잃게 된다는 의미로도 읽힌다. 내게도 어느 날 거울이 깨지는 것처럼 인생과 내 몸의 감각에 온통 균열이 가고 부서지는 일이 생겼다. 예고도 없이, 몸이 하룻밤 사이에 달라져 있었다. 거짓말 같았다.

지병을 가지고 산다는 건, 불편하지만 아픈 몸을 끌어안고 지내면서 그 상태에 익숙해지는 것이라고만 생각했다. 몸 상태는 매일매일 달랐다. 조금씩 더 심해졌다가 어느 날은 살짝 나아지는 것 같다가 도로 더 나빠지는 진행은 병의 순리대로 가는 길 같았다. 서글펐지만 적응할 수 있었다. 그러나 살다 보면 이게 바닥인가 싶은 지점에서 더 깊은 바닥을 찍는 순간을 마주하고야 만다.

어린 시절 몸이 불편해 찾아간 병원에서 선천성 고관절 이형성증 진단을 받았다. 관절염으로 부대꼈지만 그럭저럭 통증을 다스리며 살다가 20대의 끝자락에 결혼했다. 문제는 임신과 출산을 겪으면서부터였다. 임신하고 체중이 늘면서 관절에 하중이 가해지고 통증의 빈도와 강도가 점점 더 심해졌다. 그때까지만 해도 아이를 낳고 체중 조절을 하면 출산 전 내 몸으로 돌아갈 거라고 생각했다. 당시 나는 아이를 안고 업을 때마다 나를 짓누르는 무게에 고통받으며 하루하루를 겨우 견뎌야 했다.

아이가 100일쯤 되었을 무렵, 자다가 일어났는데 손이 불에 타는 듯한 통증이 몇 분간 지속되었다. 너무나 생경한 감각에 당황스러웠다. 이후로 몸이 급작스럽게 변화하는 것을 느꼈다. 갑자기 셔츠의 단추를 채울 수 없고, 젓가락질이 힘들었다. 당연했던 활동들이 한순간에 어려워진 것이다. 갑자기 일상은 도전하고 정복해야 할 과제들로 꽉 차버렸다.

이전까지는 관절에 통증이 있다는 것 외에는 남들과 무엇이 다른지 크게 인식하지 못하고 지냈다. 그런데 그 기묘한 통증 이후로 불연속적인 시공간을 도약해서 넘어간 것처럼 훅 하고 내 몸이 다른 몸과 바뀐 것 같은 느낌이 들었다. 손과 다리에 기운이 빠지면서 연체동물처럼 흐물거리는 것 같았고, 또 가끔씩 밤이면 다리가 불 위에 올려놓은 오징어처럼 말려들어 가는 듯한 이상감각에 시달려서 잘 수가 없었다. 고관절의 통증이 극심해서 결국 정형외과를 찾아갔다. 내가 겪었던 증상을 말하자 의사 선생님은 몇 가지 간단한 테스트를 하시더니 신경과에 가서 검사를 받으라고 타과 검사 의뢰를 하셨다. 그렇게 진료를 받게 된 신경과에서 처음으로 샤르코-마리-투스(이하 CMT)라는 병명을 들었다.

관절염은 누구나 아는 병이었다. 내가 고관절에 이상이 있다고 하면 노년기에 많이들 겪는 증상이니까 '삭신이 쑤신다'는 흔한 표현 하나로 내 상태를 충분히 설명할 수 있었다. 사람들은 아주 자세히 알지는 못해도 대충 어떤 증상을 겪을지 짐작했다. 잘 알려진 병이기에 말하기 어렵지 않았고, 주변에서 충분히 이해했으며, 비교적 젊은 나이에 겪게 되었다고 동정의 시선을 보내기도 했다. 흔한 병을 앓으면 그런 자연스러운 공감대 속으로 녹아들 수 있다.

그런데 CMT라니, 샤르코-마리-투스병이라니! 제대로 알아

26

듣지 못해서 의사 선생님에게 병명을 적어달라고 해야 했다. 짧은 진료시간 동안 들었던 설명으로는 부족해서 집에 돌아온 후에 인터넷으로 검색을 했다. 환자들의 팔다리 사진에서 내 모습이 보였다. 그때만 해도 인터넷상에는 검색할 만한 자료가 별로 없었다. 전문의를 찾아가고 환우회에 참석하고서야 조금씩 정보를 모을 수 있었다.

지금 생각해보면 몇 가지 이상한 징후가 있었는데, 그걸 예민하게 알아채지 못하고 그냥 넘어가버렸다. 고등학생 때 교복에 단화를 신으면서부터 작은 불편을 느끼기 시작했다. 학생화로 유명했던 브랜드로 발등을 충분히 감싸는 평범한 디자인의 구두를 신었는데, 걷다 보면 신발이 발에 붙어 있지 못하고 그냥 벗겨지곤 했다.

버스 계단을 오르려고 발을 들었는데 구두가 훅 벗겨지면서 저 멀리 날아가 떨어지기도 했다. 좌석버스 맨 뒷자리에 앉아 있다가 신이 저절로 벗겨져서 운전석이 있는 버스 앞머리까지 또르르 굴러가서 민망했던 적도 여러 번 있었다. 나는 그게 내 발의 문제가 아니라 구두를 험하게 신어서 늘어났기 때문이라고 생각했다. 그때는 발의 미세한 근육이 신발을 붙들고 있어서 신을 신고 걸을 수 있다는 사실을 몰랐다. 나의 경우에는 발바닥 근육이 소실되어서 구두가 쉽게 벗겨졌던 것이었다.

관절에 문제가 있다고 해서 전반적인 운동능력마저 떨어지진 않을 텐데, 그땐 왜 전혀 생각하지 못했을까? 뒤늦게 스스로의 무심함과 무지를 탓했다. 그 시절의 나는 이미 일상에서 느끼는 작은 불편함에 익숙해져 있었다. 그래서 그저 내 운동신경이 둔한 거라고 치부했다. 흔하고 만연한 증상 뒤에 가려진 미묘한 증상을 따로 분리해서 문제시하기는 어려웠다. 몸에 대한 인식은 절대적이라서 내가 겪어보지 못한 것은 잘 모른다. 또 비교할 수가 없다. 그러니 태어나면서부터 쭉 익숙해진 나의 몸이 남들과 다른 점이 있어도, 통증이 아주 심하거나 큰 불편을 느끼지 않으면 그 상태 그대로 끌어안고 지내게 된다. 내가 그랬다.

올리버 색스의 《아내를 모자로 착각한 남자》에는 신경과 의사였던 색스가 진찰했던 한 파킨슨 환자의 이야기가 나온다. 그는 몸의 중심이 왼쪽으로 20도 정도 기울어진 채로 걸었다고 한다. 그러나 진료를 받으러 오면서도 자신은 아무런 문제가 없는데 사람들이 자기 몸이 한쪽으로 기울었다고 말한다며 의아해한다. 이에 색스는 환자의 걷는 모습을 비디오로 촬영해서 보여주었다. 그제야 환자는 자신의 기울어진 모습에 충격을 받고 치료를 시작한다.

책 속 일화처럼 나 역시 주변 사람들의 지적에도 불구하고 실제 내 모습을 제대로 인식하지 못했다. 중학교에 다닐 때 나처럼 몸이 불편한 아이가 있었다. 어딘지 모르게 굼뜨고 어색하게 움직이던 그 아이의 모습에서 내가 보였지만, 나는 저 정도는 아닐 거라고 애써 부정하던 기억이 떠올랐다.

관절염이라는 고통이 심한 흔한 병과 CMT라는 통증은 강하지 않은 희귀병 중 무엇이 더 견디기 쉬울까 하는 질문을 스스로에게 해본 적이 있다. 쉽게 고를 수 없는 난제였다. 둘 다 각각의 어려움이 있다. 관절염은 흔한 질병이니 설명하지 않아도 사람들의 공감을 얻는다. 보통은 치료할 수 있는 방법이 (완치가 아니더라도) 있으나 지속적인 통증이 삶을 갉아먹는다. CMT는 증상은 약하지만 분명 삶의 질이 떨어진다. (초기에는) 겉으로는 멀쩡해서 다른 이들의 오해를 사기 쉽고 끊임없이 자기 증명을 해야 할 압박감에 시달린다. 치료제가 없어서 그저 더 나빠지지 않기를 기도하며 무력함을 애써 억누르며 지내야 한다.

현재의 비참함과 미래의 막막함 중 무엇을 선택하겠는가? 난 그 두 개를 한꺼번에 짊어지면서 억울하고 혼란스러웠다.

두 질병이
나를 괴롭힐 때

　　　　　　서로 다른 진료과를 찾아가야 하는 두 질병을 앓으면 겪는 애로 사항들이 있다. 병원은 두 질병을 각각 독립된 두 개의 다른 문제로 파악했다. 반면 내게는 이 둘이 완전히 분리된 문제가 아니었다. 의학적으로는 증상을 구분하고 분리했지만 나의 몸은 유기적으로 연결되어 있어서 하나가 초래한 문제가 다른 부분의 불편함을 증폭시켰다. 그럼에도 병원에서는 두 질병을 함께 고려하지 않는 듯했다. 신경과와 정형외과로 분리된 진료실에서는 내 몸에서 일어나는 일들을 통합적으로 이해하기 어려웠다.

CMT 하나의 병만 본다면 증상이 심하지 않았다. 그러나 이 병의 증상이 관절의 통증과 결합되면서 의사 선생님이 예측하고 말하는 것보다 실제 체감하는 불편과 고통은 훨씬 심했다. 내가 말하는 자각증상은 종종 엄살로 받아들여지는 듯했다. 두 병 모두 진행성이었다. 근력이 약해지면서 관절이 받는 하중이 더 심해지고, 그러면서 연골이 닳는 속도도 빨라졌다. 발과 발목의 형태가 변형되면서 양쪽의 다리 길이도 달라졌다. 한쪽 다리가 짧아지면서 골반이 더 틀어지고 통증이 심해지고, 허리까지 아파왔다. 그러다 보니 자주 넘어졌는데 바닥에 쓰러지면서 무의식적으로 받치던 손목도 상했다.

고관절 통증이 심해지면서 삶의 질이 크게 떨어졌다. 100미터 거리를 걷는 것도 쉽지 않았고, 5분 이상 서 있는 게 힘들어서 식사를 준비할 때면 쉬었다 하고 또 쉬었다 하기를 반복했다. 아이가 걷기 시작하면서는 다칠까 봐 쫓아다녀야 했는데 걸으면 너무 아프니까 집에서는 기어 다녔다. 무릎과 발등이 짓무르고 새카매졌다. 여기저기가 다 아프고 하루가 다르게 쇠약해지는 모습이 나 혼자 노년기로 접어든 느낌이었다.

마냥 손을 놓고 있던 것은 아니었다. 나빠지는 속도를 늦추고 삶의 질을 높이기 위해 운동을 했다. 수영을 배우고, 내 상태에 맞는 운동 처방을 받아 실천했다. 그러나 일반적인 운동 효과

두 걸음이 나를 고쳐 쓴다

31

와는 다르게 아주 느린 곡선으로 나아지거나 혹은 상태 유지에 그치는 것처럼 보였다. 그만큼만 유지되어도 좋았는데 계단식으로 어느 날 컨디션이 훅 나빠지고 다시 이전의 상태로 회복되지 않았다. 해야 할 이유를 찾기 어려워지자 운동을 지속적으로 하기 힘들었다.

나는 건강한 사람이 근육을 강화하는 과정을 똑같이 따라 할 수 없었다. 일반적인 근력 강화 운동은 근육이 버틸 수 있는 한도 내에서 최대한 무겁게 수축과 이완을 하면서 근섬유 다발에 미세한 상처를 내고, 손상된 부위를 회복하는 과정에서 근육이 이전보다 더 강화되는 원리로 진행된다. 나는 근육이 버틸 수 있는 최대 무게와 최대 가동 범위로 운동하면 마치 전원 버튼을 뽑아버린 가전처럼 몸의 작동이 멈춰버렸다. 자칫 운동을 과하게 하면 힘이 쭉 빠지면서 일시적인 마비 상태가 되어 그대로 주저앉아버렸다. 그러다 보니 강도가 낮은 운동으로 개미 눈물만큼의 체력을 강화하는 것에 만족해야 했다. 동기부여가 제대로 되지 않는 진이 빠지는 과정이었다. 그마저도 병의 근본적인 해결책이 아니었기 때문에 노력해도 퇴행의 속도를 늦출 수는 없었다.

운동하며 병의 진행을 늦추려 해도 진통제를 먹어야 할 만큼 아픈 날들이 계속되었다. 아이는 자라면서 이곳저곳을 다니며 배울 것이 많았고, 남편 또한 가족과 함께하고 싶은 일들이 많았다.

운전을 하고 보행 동선을 최소화하면 가족들이 필요로 하는 만큼 생활 반경을 넓힐 수 있었다. 그러나 할 수 있다고 해서 원만하게 해낼 수 있었던 것은 아니다. 가족이 기뻐하는 모습에 보람을 느끼면서도 하루하루 지쳐갔다. 조금만 더, 조금만 더, 잠시 쉬었다가 조금만 더. 매일같이 스스로에게 압박의 주문을 걸었다.

30대의 또래 친구들은 너무나 활동적이었다. 자신의 커리어를 쌓으면서 사는 모습이 무척 멋져 보였고, 가정을 꾸리고 육아에 매인 친구들의 모습 또한 나와는 달리 즐겁고 희망차 보였다. 그들도 나름 인생의 고충이 있고, 함부로 경중을 비교하면 안 된다는 것쯤은 나도 잘 알고 있었다. 그러나 친구들의 이야기를 듣고 있다 보면, '나도 저런 고민 정도만 해도 행복할 텐데'라는 생각이 절로 들었다. 원래 멀찍이 떨어져서 바라보면 삶의 디테일이 보이지 않으니까. 매일 이만큼 움직이면 얼마나 아플까 하는 생각보다는 나은 고민을 하고 싶었다.

세상엔 역경을 견뎌내고 성공한 위대한 사람들이 있다. 루스 베이더 긴즈버그✦는 아이가 돌일 때 하버드 로스쿨에 들어갔다. 학교를 다니던 중 남편이 암으로 쓰러지자 그를 병간호하면서 공부하고 육아까지 맡았다. 게다가 남편의 수업까지 대신 듣고 와

✦ 루스 베이더 긴즈버그(Ruth Bader Ginsburg, 1933~2020) : 법조인, 미국 연방대법원 대법관을 지냈다.

두 걸음이 나를 괴롭힐 때

33

서는 배운 것을 알려주고, 그가 부르는 걸 타자기로 쳐서 과제의 완성을 도왔다. 이후 노년기에는 세 차례의 암을 겪으면서도 자신의 일을 쉬어본 적이 없다고 한다.

이렇게 초인적인 노력으로 성취를 일궈낸 사람도 있지만, 나는 지극히 평범한 사람이다. 아픔에 무너졌다. 마흔 즈음이 되면 걷지 못할 것 같다는 비관에 빠졌다. 미래에 대한 기대가 없어지자 더 이상 삶을 계획하지 않게 되었다. 책장에 있던 전공서적을 다 버리고, 단기적으로 하루를 버텨내는 것에만 관심을 쏟았다. 할 수 있는 일이 많았음에도 잃어가는 것만 눈에 보였다. 아무것도 보이지 않았던 이 통증의 시기에는 그 어떤 의미도 붙일 수 없을 것 같다. 내 고통을 알아달라고 외치다가 가까웠던 친구와도 멀어졌고, 가족과도 마찰이 잦았다. 상실감과 지속적인 통증은 나의 시야를 좁디좁게 만들어버렸다.

나를 설명할 언어가
생긴다는 것

       진단명은 '낙인'을 찍는 것이기도 하지만 세상과 나의 연결고리이기도 했다. 고관절 이형성증이라는 진단명은 학교생활의 단짝 친구이자 고마운 프리패스였다. 진단서 덕분에 나는 육체적, 정신적으로 불필요한 고통을 주는 활동에서 빠질 수 있었다. 더 이상 이러이러한 증상이 있어 몸이 불편하다고 자세히 설명할 필요가 없었다. 힘들다는 나의 호소들은 의료계의 권위로 지정되고 인정받은 뒤에야 '엄살'이나 '핑계'로 치부되지 않았다. 그러나 세상에는 정의되지 않고 밝혀지지 않은 질병이 얼마나 많을까. 혹은 잘 알려지지 않아서 진단명으로도 사람들을 납득시키기 어려운 경우는 어떨까. 내가 받은 또 다른 진단명 CMT처럼.

CMT는 신경병 중에서 말초신경계 질병에 속하며, 운동신경과 감각신경의 손상에 의한 증상이 나타난다. 팔과 다리의 근육 힘이 약해지고 근육 위축 현상이 발생하며, 감각 소실과 이상감각이 발생한다. 이 병은 희귀질환 중에서는 높은 발병 빈도를 보이며 일반적으로 인구 2,500명 중 1명에서 발생한다고 보고된다. 임상 증상이 매우 다양해서, 증상이 경미하여 일상생활에서는 장애가 거의 없는 경우부터 휠체어가 없이는 일상생활이 불가능한 경우, 혹은 태생기에 발병하고 사망에 이르는 경우까지 매우 광범위하다.✦ 특정 유전자의 돌연변이로 발생하는 유전병인데 나는 가계에서는 유전되지 않은 돌연변이 환자였다.

병원에서 CMT라는 진단을 받고서야 고관절 통증 때문에 가려져 있었던 증상들이 눈에 보이기 시작했다. 어릴 때 유난히 운동을 못했던 것도, 터벅터벅 걸어서 이상했던 보행 습관도, 발등이 높아서 신발에 자주 쓸리고 아팠던 것도 이 병 때문이었다. 젓가락질을 잘 못하고 많은 양의 필기가 힘들었던 것도 설명이 되었다. 이외에도 많은 증상이 있는데, 미묘하고 별로 대수롭지 않

✦ 《샤르코 마리 투스병》, 최병옥·최영철 지음, 이화여자대학교출판문화원, 2011

아 보여서, 혹은 일상 속에서 누구나 겪을 수 있는 일이라고 생각해서 다른 사람들에게 말하기가 어려웠다.

나는 CMT 환자 중에서 비교적 증상이 경미한 편이지만, 급작스럽게 발병한 이후로 삶의 질이 현저하게 떨어졌다. 예를 들면 잘 걷다가도 길의 좌우가 약간만 기울어도 균형을 잃고 넘어졌다. 넘어지지 않기 위해 긴장을 하며 걸어서 누군가 살짝 건들기만 해도 흔들리기 일쑤였다. 그러면 다시 균형을 잡아야 하고 온 신경을 기울여 보행에만 집중해야 한다. 다른 사람들은 몸을 의식하고 걷지 않기 때문에 그 피곤함을 짐작하기 어려울 것이다. 그러다가 전화벨이라도 울리면 둔한 감각과 무딘 손으로 가방에서 휴대폰을 미끄러지지 않게 꺼내 작동하기까지 진땀을 뺀다. 횡단보도나 정류장에서는 기댈 곳 없이 몇 분을 서 있기가 힘들고, 갑자기 난간이 없는 계단을 오르내려야 하는 상황에 닥치면 눈앞이 아찔해진다. 평범한 사람들은 자동제어가 될 일을 하나하나 의식하며 행동해야 해서 일상생활에 에너지가 많이 들고 피로감을 쉽게 느낀다.

그러나 이 모든 증상은 겉으로 뚜렷하게 드러나지 않아서 다른 사람들의 이해나 배려를 구하기가 쉽지 않았다. 질병의 낙인도 힘들지만 완벽한 몰이해는 더 비참하고 외로웠다. 사람들은 내가 신체뿐 아니라 성격적, 정신적으로도 어딘가 미숙하다고 보는 경향이 있었다. 게을러서, 아니면 무책임해서 다른 사람에게 힘든 일을 미룬다고 여길까 봐 전전긍긍했다. 내게 무리가 되는 일을 피하지 못하고 자처해서 하기도 했다.

대학원에 다닐 때의 일이었다. 내게는 집에서 나와 학교에 가고 교정을 가로질러 교실에 도착하는 여정 자체가 큰 임무와도 같았다. 학교에 도착한 순간, 이미 지쳐서 모든 일이 다 끝난 것 같은 상태로 숨 고르기를 하며 수업을 듣기 위해 힘을 쥐어짜야 했다. 수업 시간마다 프로젝터가 필요해서 조교실에 있는 프로젝터를 교실까지 옮겨놓아야 했는데, 순번을 정해 돌아가면서 담당했다. 어느 날 피하고 싶었던 그 차례가 돌아왔다. 프로젝터는 혼자 들기에는 꽤 무거워서 두 명이 짝을 지어서 옮겼는데, 공교롭게도 내 짝은 무릎관절이 좋지 않은 아이였다. 나만 엄살을 부릴 수 없었다. 순서대로 이 일을 할 다른 친구들을 볼 면목도 없었다. 무엇보다 나 스스로도 납득할 만한 이유가 부족하다고 느꼈다. 이런 상황에 처할 때마다 나를 설명할 말이 없어서 참으로 구차한 감정이 들었다.

그러나 병명을 알게 된 순간 마음을 짓누르던 많은 짐을 내려놓고 스스로를 책망하던 패턴에서 조금씩 벗어날 수 있었다. 노력이 부족해서 운동을 못한 것이 아니었고, 인내심이 부족해서 짜증이 많이 났던 것이 아니었고, 부주의해서 자주 넘어지고 다친 게 아니라고. 더 이상 스스로를 다그치지 않고 용서하게 되었다. 내가 속한 사회에 적응하기 위해 건강한 친구, 동료들과 지나치게 동일시하고, 민폐를 끼치지 않기 위해 다른 사람들의 활동 수준을 무리하게 따라가려는 노력도 조금씩 줄었다.

병명을 알게 되자, 막연히 불안했던 증상들을 통합해서 이해하게 되었다. 치료법이 없고, 점진적으로 악화되기만 하는 병을 이해하는 것이 무슨 의미가 있을까 의아해하는 사람도 있었다. 그러나 스스로의 정체성을 확립하려면 내가 지금껏 살아오면서 경험했던 것들을 정의할 언어가 필요하다. 나 자신조차도 의심했던 몸의 증상과 통증을 타인도 인정한 언어로 확인받는 것은 큰 의미가 있었다. 이 정도의 '사소한' 고통과 불편을 말해도 될까? 수없이 망설였지만, 세상 어딘가에 나와 같은 증상을 호소하는 사람들, 그로 인한 고통을 나누는 사람들, 이 병을 연구하는 사람들이 존재함을 알게 되었다. 대화를 나눌 장을 찾은 것이다.

여전히 다른 사람들에게 나의 이상한 행동들을 자세히 설명하는 것은 어렵고 꺼려진다. 예상하지 못했던 상대방의 정보를 갑작스럽게 접할 때의 당혹스러움이 있지 않은가. 묻지도 않았고, 준비도 되지 않은 사람에게 나를 배려하라고 요구할 수는 없다. 때문에 가능한 한 나에 대해 장광설을 늘어놓지 않으려고 한다. "사실 저는 샤르코-마리-투스병을 앓고 있어요. 그건 말이

죠…" 하고 알린다 해도 대부분의 경우 민망한 독백에 그칠 것이다. 그럼에도 더 이상 증상의 원인을 궁금해할 필요가 없고 스스로를 의심하지 않아도 된다는 사실만으로도 후련했다.

병명은 내가 가진 고통에 의미를 부여한다. 밖으로 크게 두드러지지 않는 숨은 증상과 눈에 보이지 않는 통증은 분명 실체는 있으나 환자의 언어만으로 설명하기는 힘들다. 사회에서 인정한 권위를 가진 전문가가 정의를 내릴 때에 그 실존을 인정받는다. 고통 그 자체도 괴롭지만 아무도 알아주지 않는 증상을 설명하는 일 역시 가혹한 시련이다. 누군가는 관심을 가지고 연구하고 있다는 사실 자체가 그 병을 앓고 있는 환자를 절대적인 고립에서 벗어나게 해준다. 그런 의미에서 병명은 개인의 증상이 사회적인 문제로 인식되는 첫걸음이다.

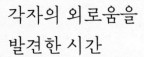

각자의 외로움을
발견한 시간

의사 선생님을 통해 나와 같은 병을 가진
사람들의 모임이 있다는 사실을 알게 되었다. 처음 모임 장소에
들어섰을 때, 충격으로 속이 울렁거렸다. 아무런 보조기나 도구
없이 걸어 들어왔던 나와는 달리 휠체어에 앉아 있는 사람들이
많았고, 휠체어에 의지하지 않아도 심한 다리 변형과 보행 장애
를 겪는 이들이 한눈에 들어왔다. 그들의 모습은 인정하고 싶지
않았던 나의 미래였다.

진단을 받고 병에 대해 찾아보았지만 그때만 해도 인터넷으
로 구할 수 있는 정보가 한정적이었다. 나와 비슷하거나 약간 더

심한 증상을 겪는 사람들의 이미지만 접하다가 막상 모임에 가서 다른 사람들을 보자 생각보다 심한 병이라는 것이 피부로 와닿았다. 지금까지 내가 알고 있던 세계에 또 다른 차원의 세계가 생긴 듯한 기분이 들었다. 내가 동일시하며 따라가려고 애썼던, 건강한 (그들이 다 건강하지는 않았겠지만) 사람들만 존재했던 세상에 내가 미처 보지 못했던 그림자 같은 공간이 있었던 것이다.

속으로는 덜덜 떨면서도 애서 표정 관리를 하고 있을 때였다. 환우회 회장님이 본격적인 모임 시작 전에 인사를 건네러 왔다. "처음 오셨지요?" 그녀는 심하게 터벅거렸다. 걸음걸이만 아니면 어디서 본 듯한 학교 선배 같은 익숙한 인상이었다. 비슷한 또래의 여성이 말을 걸어오자 안심이 되었다. 그녀는 "저는 처음에 왔을 때 기절했어요. 다른 사람들을 보고 너무 충격을 받아서요"라고 내가 겪고 있던 마음의 혼란을 마치 들여다본 것처럼 정확히 짚어주었다.

회장님이 먼저 이야기를 꺼냈다. 그녀는 CMT 환자였던 아버지로부터 병이 유전되었다. 자식이 자신과 같은 병을 얻자 아버지는 그녀를 지나칠 정도로 엄격하게 양육했다고 했다. 몸이 성하지 않은 아이가 나중에 자립하지 못할까 봐 두려워서 공부를 독하게 시키셨다는 이야기가 기억에 남는다. 이어서 중년의 남성분이 자기 경험을 들려주었다. 그분은 아버지가 환자였던 것 같은데 증상이 심하지 않아서 병에 대해 잘 몰랐다고 했다. 자신도 마흔이 넘어 증상이 시작되어서, 다행히도 젊은 날에 하고 싶었던 걸 다 했고, 직업 선택에도 어려움이 없었다고. 당신이 의사라 이 병을 연구하는 분들을 돕고 싶다고도 말했다. 가족이 모두 오기도 했는데 엄마는 휠체어를 탔고, 아빠는 간신히 걸었다. 아이들은 보행 장애와 신체 변형이 심해 보였다. 부부는 건강한데 아이가 돌연변이로 CMT를 가지고 태어난 경우도 있었다.

나는 가계에 환자가 없는 돌연변이였고, 20대 후반에 아이를 낳고서야 진단받았다. 돌이켜 생각해보면 증상은 초등학교 때부터 있었지만 심하지 않았고, 이미 진단받았던 고관절 문제에 가려 잘 모르고 지내왔다. 같은 질병을 앓는 다른 사람들의 이야기를 들으니 막막하고 모호했던 내 병의 빈틈이 메워지는 기분이 들었다. 비로소 이야기가 만들어지는 것 같았다.

적어도 가족들에게만큼은 내 상태를 온전히 잘 전달하고 이해받고 싶었다. 그러나 아무리 사랑하는 가족이어도, 내가 겪는 상황을 완벽하게 공유할 수 없었다. 내 상황과 감정이 가닿기도 전에 나와 가족 사이에 벽이 세워지는 기분이 들곤 했다. 특히 에너지가 많고 활동적이었던 남편과는 생활에서 부딪히는 경우가 많았다. 한번은 속상한 나머지 "네가 내 몸으로 한 달만 살아봤으면 좋겠어!"라고 울부짖었다. 나의 외침에 남편은 "일주일도

각자의 외로움을 발견한 시간

싫어!"라고 모질게 답했는데, 남편의 대답이 슬프면서도 한편으로는 마음에 드는 구석도 있었다. 내 고통을 얕잡아 보지 않아서였다.

이곳에서는 구구절절 설명할 필요가 없었다. 나의 과거와 현재, 미래가 한자리에 모여 펼쳐진 것 같았다. 각기 다른 서로의 사연을 공유하면서 고개를 끄덕이며 주의 깊게 들었다. 아픈 몸을 견디며 살아온 이야기를 반기는 분위기를 그곳에서 처음 접했다. 내 고통을 모른다고 원망 섞인 소리를 지르지 않아도 된다는 것이 얼마나 큰 위안이 되었는지 모른다.

그러나 자세히 들여다보면 모임의 사람들은 병의 증상이나 진행 속도가 제각각이었고, 삶의 조건 또한 균질적이지 않았다. 우리가 겪고 있는 문제들은 어쩌면 이 병을 가지지 않은 사람들과의 소통만큼이나 차이가 날 수도 있었다. 처음에는 보편적으로 느껴졌던 CMT 환자들 간의 경험이 어느 순간 미세한 균열이 생겨 벌어지기 시작했다.

상대적으로 증상이 심하지 않은 사람은 자신이 겪는 어려움을 꺼내놓기 어려워했다. 자의든 타의든 결혼을 선택한 사람과 그렇지 않은 사람들 간의 가치관도 달랐다. 뒤늦게 진단을 받고 아이에게 유전이 되어서야 알게 된 경우도 있었고, 모르고 낳았는데 건강한 아이를 낳은 사람도 있었다. 어릴 때부터 발병한 사람과 뒤늦게 증상이 발현된 사람은 인생을 즐기고 성취한 정도가 다를 수 있었다. 같은 병을 가졌지만 경험은 달랐다. 그러한 차이에도 불구하고 사람들은 자기 손톱 밑에 박힌 가시를 가장 아파하는 법이다.

내가 겪고 있는 문제는 그곳에 모인 사람들이 보기에는 그리 심하지 않은 정도의 불편함이었을 것이다. 과연 아프다고 이야기해도 될까. 힘들다고 말해도 괜찮을까. 같은 이름의 병을 가진 다른 사람들이 보기에 나의 고통은 사소해 보일 것 같아서 자꾸만 내 고통의 크기를 의심해보고 자기 검열을 했다. 그러나 고통의 토너먼트를 하다 보면 그것에 대해 말할 수 있는 사람은 거의 남지 않는다. 고통을 비교하고 경중을 따져서는 그 무엇도 나눌 수 없다. 엄기호는 저서 《고통은 나눌 수 있는가》에서 고통의 가장 큰 특징은 겪는 이에게 절대적이라는 점이라고 말한다. 고통 그 자체는 절대적이기에 나의 고통이 너의 고통보다 심하다는 전제를 깔고 시작하는 대화는 소통을 막아버린다.

공감을 바라고 갔던 모임에서 각자의 절규에 잠시 압도되었는지도 모른다. 처음에는 나와 같은 병을 겪는 사람들이 존재한다는 사실을 알게 된 것만으로도 위안을 느꼈다. 그러나 이야기를 나누면 나눌수록 비슷하다고 생각했던 공감대의 틈이 점점 벌어졌다. 같은 병을 앓고 있더라도 서로의 사정이 달랐다. 나의 고통을 알리는 데만 급급해서는 더 이상 나눌 것이 없어 보였다. 그때 잠시 멈추고 숨을 고르며 함몰된 고통의 소통에서 빠져나왔다. 그러자 고통을 이야기하느라 외로운 사람들이 보였다. 우리가 겪고 있는 외로움, 소외감을 이야기하자 서로의 교집합을 발견할 수 있었다. 여러 차이에도 불구하고, 인생에서 고군분투하며 느낀 각자의 외로움이 그 자리에 있었기 때문이다.

CMT를 진단받기 전의 일이다. 친구와 학교 앞 문구점에 앉아서 제본 맡긴 자료가 준비되기를 기다렸다. 날은 춥고 관절이 뻑뻑하고 아파왔다. 그날은 아픈 게 유독 서럽게 느껴졌다. 친구에게 난 사실 다리가 많이 아파서 학교 다니는 게 너무 지치고 힘들다고 말했더니, 그녀는 살짝 미소를 띠며, 자기는 한쪽 귀가 잘 들리지 않아서 사람들 사이에 앉을 때는 항상 잘 들리는 쪽을 찾아 앉느라고 바쁘다고 했다. 친구가 겪고 있는 일을 그 전에는 전혀 눈치채지 못했다. 그녀의 노력은 매끄럽고 우아한 태도에 가려져 있었다. 그제야 친구의 외로움이 보였다. 같은 병을 앓아야만 서로의 아픔을 짐작해볼 수 있는 게 아니란 것을, 나의 외로움도 그녀의 외로움도 보편적이라는 것을 시간이 많이 흐른 후에야 되짚어본다.

얼마나 아프고 불편해야
장애일까

"왜 나에게 이런 일이 생겼을까?" 이 흔한 말을 내가 하게 될 줄은 몰랐다. 병을 진단받고 충격으로 한동안 흔들렸다. 지난 인생의 모든 선택이 잘못된 것만 같았다. '내 상태를 잘 알았더라면 그렇게 하지 않았을 텐데…'라는 후회의 리스트는 길고 길었다. 결혼을 하고 가정을 꾸린 것도 해서는 안 될 일이었다는 생각이 들었다. 나 하나도 챙기기 힘든데, 육아와 가사, 시댁 경조사 등을 잘 챙길 리 없었다. 제대로 하지도 못하면서 버거워서 허덕거렸다. 아이를 낳고서야 알게 된 병에 대해 시댁에는 말하지 못했다. 걱정하는 것 말고는 딱히 해결책이 없으니 피곤

47

한 상황을 모면하고 싶었다. 그러나 내가 처한 상황을 제대로 밝히지 못하고 혼자 감당하는 것은 힘든 일이었다.

가장 힘든 이유 중 하나는 심적 고립이었다. 나와 세상과의 관계에 당당하지 못하다는 것, 장애와 비장애의 경계에서 어디에도 소속감을 갖지 못한다는 점이었다. 첫 단추를 잘못 꿰었다면 풀어서 다시 맞추리라. 지금부터라도 나를 정확히 파악하고 주변인들에게 내 위치와 상태를 확실히 알려주고 싶었다. 그 방법으로 장애등록을 떠올렸다. 그러나 스스로도 내가 장애인 같다는 생각이 들지 않는데 과연 인정받을 수 있을지 의구심이 생겼다. 자신을 장애인으로 규정하고 싶은 사람은 없을 것이다. 종종 장애인으로 인식되기를 간절히 바라는 이들도 있는데, 그런 경우 대부분 사회가 그들의 어려움을 인정하거나 지원하려 하지 않기 때문$^{\blacklozenge}$이다. 나는 내 고통의 경험을 인정받고, 몸과 마음의 경계를 명확히 하는 게 필요하다고 생각했다.

CMT를 진단받은 병원에 가서 '장애정도 심사용 진단의뢰서'를 발급받고 싶다고 했다. 의사 선생님은 내 경우는 장애로 인정되지 않을 것 같다고 하셨다. 요즘 기준이 까다로워졌고, 검사를 받는 비용이 비싸고 고생스러우니 하지 말라고 덧붙였다. 어쨌든

✦ 《거부당한 몸 : 장애와 질병에 대한 여성주의 철학》, 수전 웬델 지음, 강진영·김은정·황지성 옮김, 그린비, 2013

병원에 온 김에 현재 상태를 자세히 알고 싶어서 검사를 진행했다. 다른 검사들은 인내심을 가지고 시간만 들이면 되었지만, 근전도 검사는 너무 힘들었다. 근육에 바늘을 삽입해서 전기 자극을 주는 검사인데, 전기 자극만도 아픈데 바늘을 이리저리 휘저으면서 고통이 더 심해졌다. 소용없을지도 모르는 일에 왜 이렇게까지 애쓰고 있나 하는 생각에 내 자신이 한심했다. 의사 선생님은 검사 결과를 보고는 처음 진단받았을 때보다 발바닥 근육이 손상되었다고 하셨다. 내 나이 또래의 건강한 여성과 비교하면 근육이 얼마나 남아 있는지 물었다. 선생님은 객관적인 데이터를 제시할 수는 없지만 대략 30%라며, 경험에 의거한 체감상의 수치라고 답해주셨다. 장애로 인정받으려면 수치가 중요한데, '발바닥 근육 70% 손실 추정'이라는 말은 진단의뢰서에 쓸 수 없었다.

모든 자료를 제출하자 나를 직접 만나서 평가해야 한다는 담당 공무원의 전화가 왔다. 집으로 찾아온 담당자는 몇 가지 질문을 하고 질문지에 답을 적은 후, 지시 사항에 따라 움직이는 내 동작을 녹화했다. 걷기, 의자에 앉았다가 일어나는 동작, 바닥에 쭈그리고 앉기, 제자리 뛰기, 양반 다리 등을 시켰다. 몇 가지는 할 수 없었지만, 걷고 의자에 앉았다가 일어나는 건 무리가 없었다. 담당 공무원은 멀쩡한데 왜 신청했느냐는 식으로 반응했다. 집에 온 손님에게 내가 보여줄 수 있는 재주를 보여주는 서커스의 원숭이가 된 기분이었다. 담당 공무원이 인터뷰하고 영상을 찍은 건 10분 남짓의 짧은 시간 동안 이루어진 일이었다. 현실의 나는 시간의 연속체 속에서 존재한다. 내가 실제 겪는 어려움은 단 10분 동안 측정할 수 없다. 하지만 10분간 나를 평가한 담당 공무원은 내가 가진 증상을 장애등록을 할 수 있을 정도의 장애로 판단하지 않는 듯했다.

어떻게 해야 장애등록을 '통과'할 수 있었을까? 불편함을 강하게 어필하기 위해 걷다가 넘어지기라도 해야 했을까? 평소에는 아무 이유도 없이 가만히 서 있다가도 넘어졌는데 그날은 왜 그렇게 잘 걸었을까? 담당 공무원이 다녀간 후, 허탈한 마음에 이런저런 생각을 해보았지만, 사실은 나 자신도 다른 사람만큼 장애가 심하지 않은데 엄살을 부린 건 아닌지 하는 미안한 마음이 들어 힘들었다. 내가 더 열심히 살지 않고 변명거리를 찾으려 했던 건 아닐까, 사람들에게 유연하게 대처하는 방식만 익히면 큰 어려움 없이 살 수 있지 않을까, 왜 스스로 약자의 낙인을 찍으려고 했을까, 자괴감도 들었다.

나는 가정에만 속해 있기 때문에 내가 느끼는 불편함도 대수롭지 않아 보였다. 그러나 만일 내가 다양한 환경에 노출되었다면 사회생활을 지속할 수 있었을까? 내가 일상생활을 해낸 것은 가족의 헌신적인 도움과 자발적으로 포기했던 활동이 많았기 때문이다. 간단히 말하자면 욕심 부리지 않고 쉬엄쉬엄, 대충 살기가 생존 전략이었다. 이런 태도로 사회에 나가 타인과 어울리고 제대로 일을 할 수 있었을까? 직장생활을 할 때는 사회에서 일반적으로 요구하는 속도가 있다. 나는 그 속도를 쫓아가지도 못할뿐더러 타인의 속도까지 늦추는 존재가 되었을 것이다.

일반 기업에서 인턴으로 잠깐 일을 했던 적이 있다. 워크숍을 갔는데 등산 일정이 있어서 가지 못하겠다고 하니 직장 선배 중 한 명이 "힘들다고 빼지 말고 같이 가자. 너무 힘들면 내가 붙들어줄게"라고 했다. 나름 선의를 가지고 한 말이겠지만, 내 상황을 이해하기보다는 그저 힘든 상황에서 도망가려고 하는 얌체 같은 사람이라고 판단했던 것이다. 만일 내가 산에 갔다면 벌어졌을 상황에 대해서는 짐작도 하지 못했겠지. 사람들의 부축을 받아 질질 끌려다니듯 겨우 걷다가 나중에는 업히고, 결국은 도저히 감당이 되지 않을 상황이 되어 구조대의 들것에 실려 나가는 대참사를 일으켰을 것이다. 나는 가지 않음으로써 공동체의 평화를 지켜냈지만, (물론 수치스러운 상황으로부터 나를 지키기도 했고) 다른 사람들에게는 이기적이고 사회생활도 할 줄 모르는 철없는 여자가 되어 있었다.

장애등록을 함으로써 내가 원하는 사회적 지원은 이 정도였다. 불필요한 신체 활동의 참여를 거부할 권리, 거부하더라도 내가 속한 사회에서 배척당하고 부당한 처우를 당하지 않을 권리를 인정받고 싶었다. 사회적으로 합의된 수준의 증명이 없으면 원만하게 (내게 불이익이 가지 않게) 거부하기가 어려웠다. 그러나 실질적으로 받는 낙인이나 혜택에 대해서는 잘 몰랐다. 그저 아픈 몸으로 살아온 경험 자체를 부정당하고 싶지 않았고, 막연히 상징적인 의미라도 획득하고 싶었다.

장애인의 범주에 속하려면 얼마나 아프고 불편해야 할까? 기준은 여전히 모호하다. 한국 사회에서 장애는 의학적인 기준이 아니라 사회적인 기준으로 정해지기 때문이다. 장애에 대한 사회적 인식과도 관련이 있다. 사회적 비용을 얼마나 치를 의향이 있는지는 사회 구성원과 합의가 되어야 하는 문제이기도 하다. 경계에 있다는 것은 아직 합의되지 않은 영역에 있다는 의미이기도 했다. 제대로 도움을 구할 수도, 온전히 사회의 속도를 따라갈 수도 없는 사람들은 결국 사각지대에 놓인다.

사람답게 사는,
그 어려운 일에 대하여

:: 수술과 간병을 받는다는 것

고통의 객관화가 가능할까

"얼마나 아파야 진짜로 아픈 것일까?" 스스로에게 질문을 하곤 했다. 내가 느끼는 통증에 '진짜로'라는 표현을 덧대고 쭈뼛거릴 필요가 없다는 걸 나중에야 깨달았지만, 그때는 어느 정도 아파야 남들에게 말할 정도의 고통인지 눈치를 보았다. 항상 아픈데, 어느 정도로 통증 수치가 올라가야 말할 자격이 있을까? 어떻게 표현해야 내 상태를 알릴 수 있을까? 통증은 구체화하기 어렵고 타인의 공감을 끌어내기는 더 힘들었다.

CMT라는 진단명을 받았을 때 막막한 마음에 주변의 의사 지인에게 어떤 병인지 물어봤다. 인터넷으로 검색해봤지만, 현장에서 본 다른 환자는 어떤지 궁금했고 좀 더 구체적이고 자세한 설명을 듣고 싶었다. 최대한 객관적인 답을 듣고 싶어서 그 병에 걸린 게 나라는 사실은 밝히지 않았다. 그분은 "자세히는 모르지만"이라는 단서를 달고, "별거 아니고", "완전히 걷지 못하거나", "이 병 때문에 죽지는 않는다"고 했다. 심각한 병이 아니라는데 안심이 되기는커녕 기분이 나빠졌다. 나중에 환우회를 찾아가서 직접 보았던 바로는 휠체어에 의존해야 하는 분들도 꽤 있었으니, 그분의 설명이 다 맞는 것은 아니었다. 텍스트로만 접한 병과 실제는 달랐다. 사람들이 겪는 구체적인 고통은 의술의 영역에서는 파악하기 어려울지도 모른다는 생각이 들었다.

임신 이후부터 본격적으로 심한 통증을 느끼기 시작했다. 10대 후반 이후로 체중에 거의 변동이 없었는데, 임신 기간 중에 몸이 확 불었고 통증도 심해졌다. 유산의 우려가 있어서 조심하느라 외출도 자제하고 집 안에서의 움직임도 줄였다. 활동량이 줄어서 살이 찔까 봐 식사에 신경을 많이 썼는데도 출산 직전에는 원래 몸무게보다 20킬로그램 정도 불었다.

많이들 경험하는 일이지만 아이를 낳는다고 해서 살이 확 빠지지 않는다. 심지어는 아이의 무게만큼도 체중이 줄지 않는 충격적인 경우도 있다. 나 또한 예외는 아니어서 출산 이후에 불어난 몸을 원래대로 돌리는 데 시간이 꽤 걸렸다. 관절이 하중을 많이 받다 보니 때때로 칼이 골반을 찌르는 듯한 예리하고 극심한 통증을 느꼈다. 근육이 소실되면서 약해진 발목은 체중에 눌리면서 안으로 휘었다. 전신의 균형이 깨지며 몸이 뒤틀리고 으스러지는 것 같이 아팠다.

그렇게 아프면서도 너무 젊을 때 인공관절 수술을 하면 재수술을 여러 번 해야 할지 모르고, 위험부담도 크다는 염려 때문에 수술을 차일피일 미뤘다. 의사들은 대부분 크게 위험하지 않다고 했으나 혹 있을지도 모를 재수술에 대한 공포와 두려움이 너무 컸다. 차라리 현재의 고통을 참는 편이 낫다고 생각했다. 아직은 어린 아이가 마음에 걸렸고, 생활의 모든 것을 다 미루고 치료를 받을 엄두도 나지 않았다. 무엇보다도 어느 정도의 고통이 수술을 받지 않고도 참을 만한 적당한 고통인지 몰랐다. 그래서 무조건 참았다.

돌이켜 생각해보면 위험부담이 있더라도 30대 초반에 수술을 했어야 했다. 30대 초중반은 아이를 낳고 기르면서 육아의 기쁨을 느끼고, 개인적으로도 무엇인가를 성취해야 할 인생의 황금기였다. 결국 통증을 참기만 하다 그 나이대에 할 수 있는 일들을 놓쳤고, 경험했던 것들 또한 그 안에서 제대로 감정을 느껴보지 못했다. 통증으로 에너지가 소진되어서 삶에 오롯이 몰입하지 못했다. 삶의 질이 바닥으로 떨어졌고 몸도 마음도 온전하지 못했다. 왜 좀 더 일찍 통증을 제거하거나 줄이려는 시도를 하지 못했는지 후회할 수밖에 없었다.

물론 지속적인 병증의 경우, 살살 달래가면서 결정적인 위험 부담을 감당해야 하는 큰 치료는 받지 않는 것도 현명한 판단이다. 돌이켜보면 당시 내가 겪었던 고통의 정도가 어느 정도인지, 삶의 질이 얼마나 떨어지면 위험을 감수하고 수술을 해야 하는지, 그 누구도 객관적인 기준을 제시해주지 않았다. 아픈 경험을 구체적으로 나눌 사람이 많지 않았다. 혹시라도 잘못될까 봐, 미래를 담보로 현재를 희생했다. 결과적으로 지금 잘 지내고 있다고 해서 잃어버린 시간들이 보상되지는 않는 것 같다. 지독하게 참았던 시간은 상흔으로 남았다.

병원에서는 통증의 정도를 1부터 10까지로 표현하라고 한다. 1이 아주 미미한 정도의 통증이라면, 10은 극심한 것이라고 한다. "그 극심함이 어느 정도의 극심함인가요?"라고 묻자 한 의사 선생님은 아이를 낳는 고통이 9나 10 정도라고 말씀하셨다. 그분은 남자였다. 자기가 경험해보지 않은 통증에 대해 어떻게 확신할 수 있었을까? 통증을 객관화할 수 있을까? 내가 10이라 우기면 10으로 인정받고, 극한의 고통인데도 참을 수 있다고 생각해서 7이나 8로 말하면 그 정도로만 받아들여지는 것일까? 정말 아리송하기 이를 데 없는 기준이다.

객관적으로 비슷하다 여기는 정도의 통증을 겪고 있더라도 처한 상황에 따라 느끼는 정도가 달라진다. 육체노동을 얼마나 하는지, 휴식을 충분히 취할 시간적 여유가 있는지, 건강 관리를 할 경제적 여건이 되는지, 주거 환경과 근무 환경이 어떤지, 나이대가 어떻게 되는지 등 무수히 다른 조건들이 있고, 그에 따라 통증을 느끼는 정도도 다르다. 통증은 겉에서 보이지 않기 때문에 타인을 납득시키기 힘들고, 환자 본인도 1부터 10까지의 단계 중 어디라고 인식하기가 어렵다.

당시의 나는 통증을 계속 견뎌야 한다고 생각했다. 내가 느끼는 아픔이 대수롭지 않다고 스스로 축소하면서. 참는 건, 계속하다 보면 죽기 직전까지도 참을 수 있게 된다. 참지 못할 이유가 없는 상태가 되어버리기 때문이다. 수술을 결심한 순간까지도 내 결정이 옳은지 마음이 흔들려서 의사 선생님에게 물었다. 과연 어느 정도가 참을 수 있는 수준의 통증이고, 어느 정도가 참으면 안 되는 수준의 통증인지를.

선생님은 잠깐 생각하다가 버스 정류장으로 한 정거장을 걸어가지 못할 수준이라고 대답하셨다. 그 말을 듣는데 울 것 같았다. 이미 그런 지는 한참 지났고, 미쳐버릴 거 같은 심정으로 참고 참았던 오랜 시간이 너무 억울해서…. 남들이 참으라는 말을 왜 곧이곧대로 들었을까? 왜 그렇게 무식하게 참기만 했을까? 가득 차서 어떻게 쑤셔 넣을 수도 없는 회한이 흘러넘쳤지만, 한편으로는 그랬던 나 자신이 너무 바보 같아서 아무 말도 하지 못하고 애써 감정을 삭여야 했다. 스스로를 향한 비난까지 견딜 힘은 없었으니까.

의사는 환자의 지옥을
알지 못한다

폴 칼라니티가 쓴《숨결이 바람 될 때》라는 책이 있다. 저자는 신경외과 레지던트의 마지막 해인 서른여섯의 나이에 폐암 4기 판정을 받는다. 그는 의사이자 환자로서 병을 마주한 기록을 담담히 써 내려간다. 자신이 수백 명의 환자들을 진찰하고 그들에게 암 말기 진단과 사망 진단을 내렸던 곳에서, 진찰을 받는 환자가 되어 자신의 주치의와 이야기를 나눈다. 전문지식을 가지고 있던 폴은 의사의 말에 담긴 함의를 정확히 파악할 수 있는 사람이었다. 그는 자신의 주치의와 동등한 위치에서 이야기를 나누고, 의사 또한 침착하게 대응하는 폴을 존중하는 태도로 대한다. 폴은 아픈 와중에도 의사로서의 커리어를 놓지 않으려고 애쓴다. 자신이 진료하는 환자에게 비극적인 진단 결과를 알려줘야 하는 상황에도 놓인다. 그는 자신과 비슷한 상황에 처한 환자에게 자신의 모습을 투영해보기도 한다. 의사가 아닌 환자의 입장에 서서 그 감정을 헤아려보는 대목이 인상적이다.

"환자는 의사에게 떠밀려 지옥을 경험하지만, 정작 그렇게 조치한 의사는 그 지옥을 거의 알지 못한다."

책에서 묘사된 환자를 존중하는 폴의 우아한 대화와 달리 현실에서 경험하는 환자와 의사 간의 대화는 서로 어긋나는 초고속 독백 같다. 꼭 해야 할 말을 서로 초조하게 안고 있다가 3~5분이라는 짧은 진료시간 동안 재빠르게 쏟아내야 한다. 환자는 묻고 싶은 것도 많고 궁금한 것도 많지만 의사의 권위에 위축돼서 물어볼 용기를 내기 쉽지 않다. 어렵사리 입을 뗐는데 무시당하는 경험을 겪기도 한다. 물론 의사 입장에서는 진료시간도 짧은데 환자가 핵심 질문은커녕 중요하지 않은 말들을 하염없이 늘어놓고 있으면 답답할 것이다. 환자와 의사의 대화는 입장과 정보의 차이 때문에 매끄럽고 효율적으로 흘러가기 어렵다. 진료실을 나서는 순간 환자는 내가 무슨 말을 들었는지 기억을 복기하기 바쁘고, 묻지 못했던 질문들을 그제야 떠올리면서 아쉬워한다.

　대부분의 의사 선생님들은 친절했지만 환자를 저 아래로 내려다보며 불쾌하게 만드는 분도 있었다. 답답한 마음에 여러 병원을 전전하며 질문을 쏟아내던 시절에 한 병원에서 겪었던 일이다. 의사는 엑스레이 사진을 보며 인공관절 수술을 하자고 했다. CMT란 병이 있고 근력이 많이 약해서 재활에 문제가 생기지 않을까 걱정된다고 말했더니 그는 '풋' 하고 코웃음을 치고는 비아냥거리는 표정을 지었다. 더 기분 나쁜 것은 나의 질문에 답을 하기는커녕 마치 들은 적도 없다는 듯 질문 자체를 묵살해버렸다는 점이었다.

　질문을 하는 행위가 의사의 권위에 도전한다고 생각했을까? 아니면 전문적인 지식이 없는 사람이 하는 말이 우습고 귀찮았을까? 업무가 과중하고 진료시간이 빠듯한 것을 감안하더라도 환자를 모욕적으로 대하는 의사의 태도는 도무지 납득할 수 없었다. 환자가 의사에게 자신의 몸에 관해 질문하는 게 왜 조심하고 송구스럽게 여겨야 할 일인가?

　진료실을 나서며 나보다도 더 분통이 터지는 표정으로 화를 꾹꾹 누르며 애써 진정하는 엄마의 표정을 발견했다. 이후 병원은 혼자 가는 게 낫겠다는 생각이 들었다. 모든 병원에서 이런 홀대를 받았던 것은 아니다. 그러나 몇 번의 불쾌한 경험이 주는 감정의 여파는 병원 가는 걸 두렵게 만들었다. 이 진료실의 문을 열고 들어가면 어떤 사람을 만나고 어떤 상황을 겪게 될까. 내 몸에 대한 걱정보다 모욕적인 상황에 대한 염려가 더 클 때도 있었다.

수술을 결심한 이후 막막한 긴 여정 앞에 놓인 기분이 들었다. 어떤 수술법을 선택해야 하는지, 그 분야의 전문가는 누구인지, 나이가 많고 경험이 축적된 의사가 좋을지, 젊고 앞으로도 쭉 볼 수 있는 의사가 좋을지, 수술의 성공률은 어느 정도인지, 실패 시 재수술은 어떻게 이루어지는지, 평균적인 재활 기간은 어느 정도인지, 후유증은 어떤 것들이 있는지… 등등. 원하는 정보를 얻기가 힘들었고, 짧은 진료시간 동안 의사 선생님에게 일일이 묻기도 어려웠다. 할 수 있는 일은 인터넷을 검색해 먼저 수술을 받은 다른 환자들을 통해 정보를 얻는 것뿐이었다. 그들이 공통적으로 많이 언급하는 병원 몇 개를 골라서 의료 쇼핑을 하듯이 다녔다.

여러 병원을 찾아다니며 때론 마음이 상하고 때론 헛수고를 하는 것 같아 허탈했다. 그러나 한편으로는 어떤 사람을 신뢰하고 어떤 각오로 수술을 해야 할지 마음의 정리가 차곡차곡 되는 시간이기도 했다. 그렇게 경험을 축적하면서 수술을 받기로 결정한 의사 선생님을 처음 만났을 때, 그분이 얼마나 괜찮은 분인지를 한눈에 알아볼 수 있었다. 모든 과정에서 군더더기가 없었고, 환자가 질문하면 최대한 이해하기 쉬운 답을 주려고 노력하는 모습을 보고 신뢰감이 생겼다. 병원 시스템도 원활하고 체계적으로 느껴졌고, 의사 선생님을 주축으로 한 팀에도 좋은 인상을 받았다.

그렇게 첫인상이 만족스러웠음에도 불구하고 의사 결정 과정이 순탄하지는 않았다. 전문가가 아닌 내가 결정해야 할 것은 병원과 담당 의사 선생님 말고도 많았다. 수술 방법과 쓰이는 재료에 대한 옵션은 물론이고 어느 쪽 다리를 먼저 수술받을지 순서도 정해야 했다. 병원만 선택하면 의사 선생님이 알아서 다 해주는 줄 알았는데 그게 아니었다. 내게 주어진 숱한 선택권이 나를 존중해서인지, 아니면 곤란한 결정에 따르는 책임을 환자에게 미루기 위함인지 알 수가 없었다.

비전문가인 내가 최종 결정을 내리는 게 온당한 일일까? 결정을 내리기까지 환자에게 충분한 정보와 전문적인 견해가 전달되었는가? 수술 경험이 많지 않고 의학 지식이 없는 내가 어떤 결정을 내린다는 것이 마치 도박처럼 느껴졌다. 내가 선택했지만 어쩌면 모든 과정은 담당 의사 선생님의 의도대로 끌고 간 것일 수도 있다. 의학적인 관점에서 보았을 때 내게 주어진 옵션이 결과에 큰 영향을 미치지 않는다고 생각했을지도 모른다. 그러나 진료실의 대화는 마치 폭탄 돌리기 게임을 하듯이 자신이 쥔 순간에 터지지 않게 하려고 재빠르게 순번을 넘기는 과정 같았다. 결국 마지막에 폭탄을 쥐어야 하는 것은 나였다.

세 번의 수술

첫 수술은 2013년, 내가 서른여덟, 아이가 열 살이 되었을 때였다. 아이가 열 살이 되었다는 점이 수술을 결정하는 데 큰 영향을 미쳤다. 육아 10년이라는 시간의 상징성에 스스로 만족하면서, 이만하면 큰 고비는 넘겼다고 생각했다. 영유아기를 거쳐 초등 저학년까지 무사히 지나왔다는 안도감이 들었고 이만큼 키웠으면 온전히 나만을 생각해도 되겠지 싶었다. 수술이 성공적이지 못하면 겪게 될 장기적인 불편함 또한 아이가 어느 정도 성장한 상태라야 감당할 수 있을 것 같았다. 혹시나 하고 걱정했던 상황은 결국 닥치고 말았다.

2013년 11월 28일, 2014년 2월 5일, 두 번에 걸쳐 양측 고관절 절골술을 받았다. 마음 같아서는 한 번에 다 해결해버리고 싶었지만 동시에 수술하면 재활 기간이 무척 힘들고 고되기 때문에 그렇게 할 수 없었다. 그러나 큰마음을 먹고 치른 두 번의 고생에도 처음 수술을 받았던 골반의 통증이 잡히지 않고 오히려 더 심해졌다. 재수술을 해야 했다. 재수술은 기존의 수술법대로 할 수 없어서, 인공관절 치환술을 받았다. 2014년 10월 13일의 재수술을 마지막으로 거의 1년에 걸쳐 진행된 세 차례의 수술이 끝나고 재활의 시간을 보냈다.

　큰 수술을 앞두고 공포와 고통만 느꼈던 것은 아니다. 온전히 나 자신에게만 집중하고 매 순간 몰입하면서 앞날에 대한 막연한 기대와 흥분에 가득 차기도 했다. 그 전까지는 내 욕구는 저만치 밀어내고 참기만 했는데 수술하기로 결정한 순간 모든 것이 '나'를 중심으로 돌아갔다. 나를 우선시하는 데 왜 그렇게 큰 당위가 필요했을까. 나 자신을 돌보는 것, 더 나아질 것이라는 희망과 앞으로의 삶이 달라질 것이라는 기대감은 매혹적이기까지 했다.

　수술은 한순간에 이루어지는 일회적이고 즉흥적인 사건이 아니었다. 무엇보다 수술을 하기 전까지 최상의 몸 상태를 유지해야 했다. 감기라도 걸리면 어렵게 잡은 날짜를 취소하고 기약도 없이 수술을 연기해야 했기 때문이다. 그렇게 조심스럽게 나를 돌보는 시간은 마치 큰일을 치르기 전에 몸과 마음을 살피고 정화하는 과정 같았다. 입원한 뒤에는 수술에 필요한 여러 검사를 진행했다. 수술 직전에는, 수술 부위뿐 아니라 종아리까지 체모를 모두 제거하고, 소독약으로 하반신을 소독했다. 멸균 붕대로 몸을 칭칭 감아놓는 작업까지 마무리하자 하나의 큰 의식이 끝났다는 느낌이 들었다.

대형병원 시스템 안에서의 치료는 마치 내 몸이 컨베이어 벨트를 돌면서 분업화된 전문 영역을 체험하는 과정 같았다. 특히 침상 이동을 하면서 검사 기구로 여기저기 옮겨질 때는 벨트 위의 회전초밥이 된 느낌이 들었다. 이전에도 전신마취를 하는 수술을 몇 차례 받았던 터라 수술방 풍경에 놀랄 거라고는 예상하지 못했다. 수술대 위에 눕는 순간 전혀 예상치 못한 섬뜩한 기분이 들면서 '아 이런…' 하는 마음속 소리가 들려왔다. 내 몸의 폭과 딱 맞는 아주 좁은 베드 위에 눕자 바짝 긴장하지 않을 수 없었다. 삭막하고 차가운 금속성 베드에는 몇 차례 누워본 경험이 있지만 그럼에도 결코 익숙해질 수 없는 곳이었다.

그곳에 누워서 기다리는 동안 의사와 간호사들은 분주하게 돌아다니며 수술을 준비했다. 부산한 주변의 소음이 가라앉고 의사가 다가왔다. "이제 마취를 시작합니다." 의사 선생님의 말을 들으며 나는 재빠르게 마법이 일어나기를 바랐다. 한 공간에 있지만 이쪽과 저쪽은 속한 세계가 달랐다. 나는 그들의 일이었고, 동시에 존재를 온전히 내어놓고 있던 연약한 몸뚱이일 뿐이었다. 하나, 둘… 숫자를 다 세기도 전에 의식을 잃었지만 공포와 매혹에 함께 취해서 빨려 들어가는 기분이었다.

첫 수술을 받고 깨어났을 때 나는 정상적인 상태가 아니었다. 수술 후 며칠은 힘들 거라고 예상했지만 전혀 상상하지 못한 수준의 극심한 통증이었다. 제왕절개 수술을 하고 무통주사를 맞았을 때엔 아무런 통증도 느끼지 않고 편하게 회복했는데, 이 수술 후에는 무통주사의 효과를 전혀 느끼지 못했다. 나한테 도대체 무슨 일이 일어난 걸까 두려웠고, 이런 고통을 다시 겪을 것을 예상하면서 남은 수술을 기다리자니 너무나 막막했다. 다행히 두 번째 수술은 첫 번째만큼 고통스럽지 않았다. 회복 과정이 쉽지는 않았지만 첫 번째 수술만큼 충격적일 정도의 통증을 느끼지는 않았다. 두 번째 수술 이후, 첫 번째 수술이 뭔가 잘못되었다는 막연한 느낌이 맞았다는 확신을 갖게 되었다.

첫 수술 후 집도의 선생님은 수술이 잘되었다고 했지만 몇 번의 회진 후 전임의 선생님이 혼자 왔을 때에는 다른 말씀을 하셨다. 막상 수술 부위를 열어 보니 예상보다 연골의 손상 정도가 심각해서 너덜너덜한 수준이었고, 기존의 연골을 살려서 보완할 만큼 남아 있지 않았다고 말이다. 내가 받으려던 수술은 골반뼈를 잘라서 연골이 덜 손상된 쪽을 돌려 맞춰 대퇴골두 부분을 감쌀수 있게 하는 것인데, 연골이 거의 없는 상태로 맞췄다면 무슨 의미가 있겠는가. 수술 후 통증은 수술 전보다 나아지기는커녕 더심해졌다.

집도의 선생님의 '수술이 잘되었다'는 그저 계획대로 처치를했고, 큰 합병증 없이 살아남았으니 다행이라는 정도의 말이었다. 내가 기대하는 결과와는 상당히 거리가 있는 표현이었다. 속에서는 천불이 났지만 가까스로 마음을 가라앉히고 회진 때 다시찾아온 전임의 선생님에게 다음 수술은 성공할 확신이 있으신지물었다. 선생님은 아직 살릴 연골이 있으니 잘될 거라고 말하셨다. 나는 두 번째 수술은 계획대로 진행하고 지금 통증을 느끼는다리는 재활치료를 받아보고 견디기 힘들면 재수술을 받겠다고했다. 어떻게 재수술을 말했는지 모르겠다. 더 이상 다른 방법은생각나지 않았고 오기로 끝장을 보는 것 외에는 다른 방법이 없기도 했다. 몇 번을 수술대 위에 다시 오르더라도, 어떻게든 고치지 않으면 의미가 없을 것 같았다. 그 고통을 겪다가 겨우 수술했는데 이전보다 나아지기는커녕 더 나빠진다면, 그대로 무너질 것같았다.

두 번의 수술 후, 나는 목발 없이는 걸을 수 없는 상태가 되었다. 그마저도 제대로 힘을 줄 수가 없을 정도로 아파서 잠깐씩 걷는 게 아니면 휠체어를 타고 다녀야 했다. 그렇게 수개월의 시간을 보내고 마지막 수술을 받기로 한 날이 다가왔다. 이때를 위해 최상의 컨디션을 만들려고 노력했는데 수술 날짜 이틀 전에 고열이 나는 감기에 걸렸다. 결국 수술은 취소되었고 맥이 풀려버렸다. 실망도 하고 좌절도 했지만 감사하게도 시간은 흘렀다. 컨디션은 정상으로 돌아왔고, 다시는 잡지 못할 것 같았던 수술 날짜도 다시 정했다. 첫 수술 이후 11개월 만에 재수술을 받게 되었다. 그 모든 고통과 수고로움을 반복해야 한다는 부담감과 다시 망치면 어떡하나 하는 두려움에 떨었지만, 다행히도 세 번째 수술은 허망할 정도로 빠르고 쉽게 회복했다. 그렇게 오랜 기간 동안 나를 힘들게 했던 고관절과의 씨름은 일단락이 났다.

지긋지긋한 과정이었다. 늘 그 자리에서 내 몸의 불량 상태를 증명이라도 하듯 괴롭히던 관절염은 밀려나지 않으려고 버티는 고집쟁이였다. 세 번의 수술 후에야 드디어 그 고집쟁이를 떼어내고 자유의 몸이 될 수 있었다. 여전히 말초신경계는 매일 조금씩 나빠지고 있었지만 내가 인지하지 못하는 동안은 무시할 수 있는 문제였다. 절룩거리더라도 아프지 않은 한 걸음 한 걸음에 감격했다. 그러나 거의 1년간 계속된 수술과 재활치료에 몸과 마음의 에너지를 쥐어짠 탓에 마치 전쟁이 끝나고 외상 후 스트레스 장애를 겪는 군인처럼 통증 없는 현실에 곧바로 안착할 수 없었다. 수술이라는 큰 전투를 치르고 너덜너덜해진 몸과 마음을 꿰매고 기우며 다시 일어날 에너지를 채워야 했다. 살아내고 버티는 게 아닌 진짜로 사는 것 같은 기분을 느끼고 싶었다.

슬기로운 입원 생활

입원 기간 동안 간병은 가족이 맡지 않기로 했다. 남편은 휴가를 받을 수 있다고 했지만 어리바리해서 영 마뜩잖은 그의 평상시 모습을 생각하면 간병을 맡기기 두려웠다. 죽을 것 같이 아픈 상황에서 하나하나 가르칠 엄두도 나지 않을뿐더러, 남편에게 화를 내지 않을 자신도 없었다. 이전에도 몇 번의 수술을 경험했다. 간병하는 사람이 입안의 혀처럼 알아서 잘해도 불편하고 힘든 점이 있기 마련이다. 이번처럼 대수술을 치른 뒤라면 더더욱 어지간히 노련하지 않고는 큰 갈등을 겪을 게 뻔해 보였다.

마지막 수술 경험은 출산 때였다. 당시 친정 엄마가 간병해주셨는데 밤새 병실을 지킬 필요도 없었고, 입원 기간도 길지 않았다. 신생아실에서 아이를 맡아주어 나도 엄마도 상대적으로 홀가분했다. 유일하게 믿을 수 있는 친정 엄마는 이번에는 아이를 챙겨야 했다. 가족의 돌봄이라는 게 이렇게 구하기가 어렵다. 이것저것 재고 따지면 할 사람이 아무도 남지 않는다. 어차피 퇴원하고 집에 돌아가서도 도움을 받아야 할 텐데 미리 지치게 하지 말자는 계산도 있었다.

가족 간병은 주로 경제적, 심리적 이유로 택한다. 병원비에 간병비까지 가중되면 비용 부담이 커지고, 누군가가 그 시간을 '채우기만' 하면 되는데 돈까지 쓰는 게 아깝다고 생각한다.(채우기만 한다고 생각하는 건 주로 간병의 주체가 아닌 사람들의 입장이다.) 주부를 잉여 노동력으로 여겨서 며느리나 딸에게 돌봄을 요구하기도 한다. 형제간에 부모님의 간병을 미루다가 간병인을 고용하기도 하고, 남들 시선 때문에 무조건 가족이 와 있어야 한다고 고집을 부리는 경우도 있다. 안으로 곪은 염증이 터지듯 간병과 함께 여러 문제들이 딸려 온다. 문제만으로도 골치 아프고 욱신거리는데, 때론 움푹 팬 흉터까지 남긴다.

사이좋은 가족도 있었다. 아픈 어머니를 살뜰히 간병하는 아들도 있었다. 그분은 나보다 나이가 많아 보였는데 남의 집 아들이라도 얼마나 기특한지 칭찬해주고 싶은 마음이 들 정도였다. 넉살 좋은 며느리가 문병을 오기도 했다. 내가 그렇지 못한 성격이어서 그런지 며느리가 찾아오면 더 눈길이 갔다. 며느리는 시어머니의 말벗이 되어주고 몸 이곳저곳을 주무르며 보살폈다. 그러고는 어머님 댁 냉장고에 드실 거 소분해서 얼려두었다는 말을 남기고 갔다. 의무감에 마지못해 와서 눈도장만 찍고 가는 며느리에게서는 느껴지지 않는 따스함이 있었다.

대부분 자식이 간병을 맡았는데, 가족의 간병을 받으며 통증을 꾹꾹 참는 사람도 있었고, 통증을 감당하지 못해서 무너지거나 폭발하는 사람도 있었다. 어떤 경우이든 그들에겐 마음을 받아주는 가족이 가까이 있었다. 가족이나 간병인이 아닌 연인이 간병하는 경우도 있었다. 한번은 복도에서 나처럼 고관절 수술을 한 젊은 여자와 스쳐 지나갔다. 간병인은 내게 아주 은밀한 정보를 전하는 양, 그녀를 간병하는 사람이 가족이 아니라 남자 친구라고 알려줬다. 다른 간병인들도 연인의 모습이 부러웠는지 옆병실의 소문을 열심히 물어다 주었다.

그들을 보면서 나도 내가 겪는 고통을 가족들에게 털어놓고 편하게 투정을 부리고 싶었던 것 같다. 내색하진 못했지만 많이 부러웠다. 수술 당일 마취에서 깨어난 뒤 아파하다가 계속 정신을 잃는 나를 보고 아이가 놀라서 병원에 가지 않겠다고 했는데,

그러다 보니 다른 가족들도 아이를 돌보느라 문병 오기가 쉽지 않았다. 모두가 나의 부재를 채우려 애쓴다는 것을 알고 있었지만, 나도 마음이 취약한 상태이다 보니 서운한 마음이 드는 건 어쩔 수 없었다.

간병인은 확실히 숙련된 솜씨로 나를 돌봤지만 마음 놓고 대할 수는 없는 관계였다. 나는 30대 후반이었고 간병인은 60대였다. 신경 쓰지 않으려고 해도 그러지 않을 수가 없었다. 고통스러워서 돌아버릴 지경인데도 간병인 심기를 거스르지 않으려고 애썼다. '아무리 아파도 예의 바르게 말해야지.' '필요한 것이 있으면 명령조로 말하지 말고 정중하게 부탁해야지.' '쉬는 시간을 적절히 배분해줘야지.' 등을 끊임없이 속으로 되뇌고 잊지 않으려고 했다. 당연히 지켜야 하는 예의이지만 격한 통증을 견디기도 힘든데 매 순간 의식하고 있어야 해서 숨이 막혔다.

한번은 간병인에게 발에 로션을 발라달라고 부탁한 적이 있다. 혈액순환이 잘 되지 않고 건조해서 거칠거칠해진 발의 감각이 불편했고, 의사 선생님이 회진을 돌 때마다 그 야만적인 발을 만지고 가서 민망했다. 로션을 발라달라는 말에 간병인은 당황스러워하며 울컥하는 표정을 지으셨다. 당신은 평생을 가난하게 살아서 얼굴에만 로션을 발라봤지 발에 발라본 적이 없다고 하셨다. 나로서는 타인의 마음 깊은 곳까지 배려할 만한 에너지가 하나도 없었기 때문에 너무 난감했다. 간병인을 갑을 관계로 여기 거나 휘둘러서는 안 되지만 그렇다고 동등한 관계도 아니라는 것을 알아주면 좋겠다는 생각이 들었다. 동등 이하였던 나는 난도질당한 짐승 같은 상태로 간신히 숨만 쉬고 있었다. 같은 입장에서 누군가의 마음을 살필 여력이 없었다. 그러면서도 내내 마음 한편에는 간병인의 기분 상한 표정이 맴돌았다.

통증으로 끙끙 앓던 밤이었다. 침대 시트의 주름 하나하나를 다 느끼면서도 몸을 스스로 움직이지 못해서 등에 배긴 그대로 잠을 이루지 못하고 있었다. 온종일 시달리다가 겨우 잠든 간병인을 차마 깨울 수 없었다. 긴 밤이 너무 불편하고 고통스러워서 어찌할 바를 모르고 있을 때, 회진을 도는 간호사가 와서는 "많이 힘들죠? 이렇게 열이 나고 몸을 움직이지 못하면 몇 시간 사이에도 욕창이 생길 수 있어요. 앞으로는 간병사 님 꼭 깨워서 마사지 해달라고 하세요." 하며 등 밑으로 손을 넣어서 피부를 살살 쓸어주고 시트를 매끈하게 펴주었다. 간호사의 손길로 몸의 불편함과 통증이 사라지자 눈물이 흐르고 다행스러움과 고마움이 폭발할 듯 차올랐다.

그러고도 잠들지 못해서 밤새 창밖을 보며 아침이 오기만을 바랐다. 내가 바라보는 저 너머, 캄캄한 밤을 지나 새벽까지 켜 있는 빛들을 보며, 그 반짝임 하나하나에 어려 있는 사람들의 삶을 그려보았다. 종종 병실 너머로 다른 환자들의 소리가 들렸다. 신음 소리, 너무나 고통스럽게 느껴지는 숨 쉬는 소리, 이따금 흐르는 정적… 누구와 이 시간을 온전히 공유할 수 있을까. 오로지 나의 몫이었다. 더 이상 외롭지도 슬프지도 않았다. 그저 견뎌야 할 시간 앞에서 한없이 작아졌다. 동이 트며 새벽빛이 밝아왔다. 잘 자는 것 같았던 간병인은 좁은 간이침대에서 끙끙 앓는 소리를 내며 경련을 일으켰다. "괜찮으세요? 괜찮으세요?" 내가 손을 뻗쳐 허우적대는 동안 그녀가 깨어났다. 가위에 눌렸다고 하시며 힘겹게 몸을 일으켰다. 그녀 또한 그녀 몫의 삶의 투쟁을 하고 있었다. 그렇게 하루하루가 지나갔다.

병원에서 미남 찾기

병실에서는 지루함을 덜어주는 일들이 절실하게 필요하다. 도대체 무슨 일을 해야 하루가 지나갈까? 어떻게 이렇게 아픈 와중에도 심심할 수 있을까? 대부분의 환자들은 입원 후 수일 내에 기절할 정도로 아프지 않는 이상 통증보다 지루함에 먼저 질식당할 수도 있다는 사실을 깨닫는다. 또 무언가를 해야만 아주 잠시라도 통증을 대수롭지 않게 여길 수 있다.

나는 입원을 하기 전 만반의 준비를 다 해놓았다. 노트북에 영화를 담고, 침대에 설치할 수 있는 휴대폰 거치대를 사고, 읽을 책도 챙겼다. 영화와 책은 지루하지 않을 내용으로 세심하게 골랐다. 피로감을 주거나 지나치게 감정을 자극할 내용들을 거르다 보니 북유럽 신화만 남았다. 한창 마블 유니버스와 신화의 관계에 대해서 관심을 가졌을 때였다. 나의 영웅 토르(크리스 헴스워스)를 생각하다 보면 아픔을 잊을 것 같았다.

그러나 만반의 준비가 무색할 정도로 현실은 가혹했다. 입원 초반에는 거의 누워 있었고 약간 회복한 후에도 허리를 세울 수 없어서 비스듬히 기대어 있었다. 책을 읽기는커녕 먹고 싸는 것도 어려워서 원초적이고 본능적인 문제와 씨름했다. 소변을 보러 가려면 휠체어에 간신히 옮겨 타고 화장실로 이동해야 했다. 방광의 기능이 정상으로 돌아오지 않아서 애써 이동한 보람도 없이 다시 카테터를 삽입해서 인위적으로 배출시키기도 했다. 하루에도 몇 번씩 이 과정을 되풀이했기 때문에 물 마시는 것도 두려웠다. 요의를 꾹 참으려면 방광에만 쏠리는 정신을 분산시킬 거리가 필요했다.

불행히도 가장 효과적으로 몰입할 수 있는 도구인 휴대폰과 텔레비전을 볼 수 없었다. 수술 중에 혈액을 많이 손실해서 수혈을 받았고, 수술 후에도 두 팩을 추가로 더 받았는데도 빈혈이 사라지지 않았다. 혈압도 낮아서 온 세상이 빙글빙글 도는 것 같았다. 어지럼증은 휴대폰 등의 액정을 볼 때 더 심해졌다. 할 수 있는 것이 없었다. 너무나 고통스러운 동시에 심심해서 아무나 붙잡고 아무 말이라도 하고 싶었다.

다행히도 두 번째 수술 후에 만났던 간병인은 유쾌한 면이 있으셔서 지루했던 병원 생활에 힘이 되었다. 그분은 새벽부터 일어나서 머리에 헤어롤을 말고 풀메이크업을 하셨다. 잠을 이루지 못하고 밤을 새운 날이면 그녀가 일어나서 몸단장하기만을 기다렸다. 간병인이 단장하는 모습을 보면 기분이 절로 좋아졌다. 화장하는 모습은 매일 봐도 신기했다. 고된 하루를 시작하면서도 스스로를 예쁘게 꾸미는 모습이 참 보기 좋았다. 건강할 때 했던 일상을 놓지 않는 것이 날 버티게 하는 힘이었고, 간병인이 그 수발을 다 들었다. 간병인으로서 나를 챙기기 전에 정성스레 하는 아침 화장은 그녀의 하루를 버티게 하는 경건한 의식 같았다.

간병인은 지루해서 힘들어하는 나를 휠체어에 태우고 병원 이곳저곳을 데리고 다녔다. 병원에 전시된 미술작품을 구경하러 다니거나, 입원하지 않았으면 절대 보지 않았을 창립 기념관 같은 곳까지 다니며 콧바람을 쐬었다. 환자가 이용할 수 없는 병원 내 식당이나 카페에서 음식과 빙수를 테이크아웃해서 소풍 온 것처럼 차려 먹곤 했다. 편하게 다닌 것은 아니었다. 진통제 부작용으로 바닥에 토하기도 하고, 어지러움과 열 때문에 부들부들 떨면서도 다녔다.

간병인은 텔레비전을 보지 못하는 나 대신 리모컨의 주도권을 잡은 걸 무척 만족해하셨다. 당신이 보고 싶은 걸 봐도 정말 괜찮은지 여러 번 물으며, 전에 있던 환자랑은 취향이 달라서 텔레비전 보는 게 힘들었다는 말까지 덧붙이셨다. 그녀가 보던 드라마는 소위 막장 드라마였다. 아무리 심심해도 줄거리가 별로 궁금하지 않은 장르였는데, 간병인은 너무도 친절하게 극 중 상황을 하나하나 다 설명해주셨다. 그녀는 내 뜨뜻미지근한 반응에도 아랑곳하지 않고 드라마에 대해 끊임없이 말하는 참 열정적인 시청자였다. 덕분에 아무라도 붙잡고 아무 말이라도 하고 싶었던 절박함이 사라졌다. 역시 인간은 간사하다. 간병인이 드라마를 놓고 이야기보따리를 펼치려 할 때면, 나는 이내 피곤해서 쉬어야겠다고 말하는 졸린 환자가 되어버렸다.

그렇게 간병인의 열정적인 시청기가 한차례 지나가면, 정적의 시간이 돌아왔다. 멍하니 있다 보면 실체도 없는 우울한 감정에 빠져들었다. 창밖을 보며 공상을 할 때가 많았는데, 하루는 초겨울의 쓸쓸한 풍경을 바라보다가 O. 헨리의 《마지막 잎새》가 떠올랐다. 소설의 줄거리처럼 병실에서 할 일 없이 지루함과 같이 죽어가는 기분이었다. 죽음을 앞둔 상황은 아니었지만 수술이 실패했을지도 모른다는 불안과 절망에 자주 휩싸였다. O. 헨리의 존시가 담쟁이덩굴 잎을 보며 잎이 다 떨어질 때 자기의 생명도 끝난다고 생각한 것처럼 나도 시각적으로 마음을 붙들 무언가가 있으면 좋을 것 같았다.

그러던 어느 날, 나는 이 병원에서 미남을 발견하면 몸도 말끔히 회복되고 수술 결과도 매우 좋을 거라고 주장하기 시작했다. 왜 담쟁이 잎에서 미남으로 비약해버린 것일까. 간병인은 막장 드라마보다 더 황당한 나의 논리에 차마 반박은 못 하고 정 그러면 병원을 산책하면서 찾아보자고 하셨다. 어차피 흘러갈 시간, 시간을 죽이기 위해 병원에서 미남 찾기 원정이 시작되었다.

미남 찾기 원정은 장수가 출정을 나가는 것만큼이나 굳은 각오와 준비가 필요했다. 휠체어를 타고 돌아다니는 일은 준비 과정부터 쉽지 않았다. 혼자 휠체어로 이동을 할 수가 없어서 이송 담당 직원을 호출해야만 했다. 나는 수액과 진통제, 수혈 주머니, 수술 부위에서 흘러나오는 피를 모아 담는 피통까지 주렁주렁 달고 있었다. 이송 담당 직원은 그 줄들을 잘 정리해서 어깨에 걸고, 간병인과 함께 나를 조심스럽게 휠체어에 옮겼다. 이 지난한 과정을 거쳐 원정을 나가는 것이었다.

원정 결과는 실패였다. 간병인은 처음에는 "저기, 저기! 저 사람 잘생겼지?" 하며 재미있어하셨다. 사람 구경만큼 재미있는 게 없다는 사실을 재확인했지만, 안타깝게도 찾던 미남은 없었다. 토르에게 빠져 입원 준비물로 북유럽 신화를 챙겨 온 사람에게 대형병원의 현실이 얼마나 척박했겠는가. 결국 지친 간병인이

"그렇게 잘생긴 남자가 왜 병원에 있겠어! 영화배우가 됐겠지!"
라고 화를 내고서야 게임을 중지했다. 미남을 찾겠다고 난리를
치는 동안 수혈도 마치고, 방광 기능도 정상으로 돌아왔다. 게임
에는 실패했지만, 시간을 보내는 데는 성공했다.

뜻밖의 기억이 나를
치유할 것이다

영화 〈잠수종과 나비〉(2008)는 프랑스의 유명 패션 잡지 〈엘르〉의 편집장 장 도미니크 보비의 실화를 그리고 있다. 보비는 어느 날 갑자기 뇌졸중으로 쓰러지고 3주 후 겨우 깨어났다. 유일하게 움직일 수 있었던 것은 왼쪽 눈꺼풀뿐. 그는 감금증후군(Locked-in Syndrome)이라는 상태로 15개월을 생존한다. 의사소통이 완전히 불가능할 것 같았지만 눈을 깜박거리는 방법으로 외부와 소통하게 된다. 그런 절망적인 상황에서도 보비는 편집자와 함께 글을 쓴다. 글자판의 알파벳을 하나하나 짚으며 맞는 글자를 찾으면 깜박거리는 방법으로, 15개월 동안 눈을

20만 번 이상 깜박거려 (영화와 같은 제목의) 책을 완성한다. 글의 내용을 효율적으로 전달하기 위해 먼저 머릿속에서 문장을 구성하고 그걸 완전히 암기했다고 한다.

누군가가 그의 깜박거림을 알아보기 전까지, 보비의 육체와 정신은 깊은 바닷속 잠수종에 갇힌 것처럼 외부와 완벽하게 차단되었다. 카메라는 보비가 한쪽 눈으로 보는 시선을 그대로 따라가며 세상을 비춘다. 영화를 보는 내내 그가 몸으로 느끼는 답답함이 전해졌다. 의식은 있지만 외부와 소통하기 어려웠던 그의 상황을 보며 수술 후 마취 상태에서 깨어났던 순간을 떠올렸다. 나도 간절히 소통하기를 원했고, 몸을 움직이지 못해 무력했던 시간에는 끊임없이 마음의 여행을 떠났다. 보비처럼.

첫 번째 수술 후, 병원 복도처럼 다수의 사람이 오가는 곳 한가운데서 의식을 회복했다. 아마 회복실을 나선 이후에 벌어진 일인 것 같다. 외부 세계를 인식하고 있었지만 눈을 뜰 수 없었고 말도 할 수 없었다. 주변을 맴도는 사람들은 내가 정신을 차린 줄 모르는 것 같았다. 직원은 아무런 안내도 없이 카트에 실린 짐을 밀고 가듯이 내가 누운 침대를 밀고 여기저기로 이동했다. 나는 몸에 갇힌 채 속으로 비명을 질렀다. '지금 무슨 일이 일어나고 있는 거냐고!'

검사가 다 끝난 후 입원실로 돌아와서도 이상한 상태가 지속되었다. 의사 선생님이 오셔서 내게 몇 가지 질문을 했다. 제대로 대답을 했는지 안 했는지는 기억나지 않는다. 기억이 뚝 끊기고 시간이 훅 점프해서 지나갔다. 정신을 차리고 보니 풍경이 바뀌었고 갑자기 다른 사람들과 이야기를 나누고 있었다. 한데 사람들이 하는 말의 의미를 잘 이해할 수 없었다. 분명히 모든 걸 다 들었다고 생각했는데 단어와 의미들이 춤추듯 날아가서 먼지가 되어 흩어졌다. 또 조리 있게 말하지 못하고 방금 무슨 말을 했는지조차 잊어버리기도 했다. 수술 후 첫날은 그렇게 보냈다.

그 이후로도 통증이 너무 극심할 때면 나도 모르게 기절하듯 잠이 들었다. 그때마다 신기하게도 인생의 가장 밝고 행복했던 순간들이 선명하게 되살아났다. 꿈이 아니라, 뇌의 어딘가에 저장되어 있던 기억이 강제로 재생되는 것처럼 온갖 이미지들이 압도적으로 쏟아져 나왔다. 주마등이 스친다는 것이 이런 것일까. 몸에는 진통제를 쏟아부었다면 정신에는 환상이 주입되는 것 같았다. 정신이 무너지는 걸 막기 위해 나 스스로 환각의 처방을 내린 것처럼 그 안에 빠져버렸다.

보비처럼 움직이지 못하는 상태에서 의식만 또렷하면 어떻게 될까? 무한대로 펼쳐진 듯한 시간 안에서 엄청난 생각에 매몰될 것이다. 보비는 나비처럼 화려하게 살다가 뇌졸중으로 쓰러진 뒤 여태껏 돌아보지 않았던 삶을 돌아보고 깊은 사색에 빠졌다. 육체적인 활동과 타인과의 소통이 줄어들면 아무래도 내면으로 침잠하게 되는 경향이 있다. 나 또한 몸이 자유롭지 않고 친밀한 대화 상대가 없는 상태에서 기억의 바닷속에 빠져버렸다. 안에서 솟아오르는 기억들은 마취제 같았다. 그것들을 추리고 정리하며 재구성하는 과정에서 마음이 폐허가 되기도 했고, 한편으로는 그걸 상쇄하기 위해 행복한 기억을 융단폭격처럼 투하하기도 했다.

쏟아져 나오는 기억들은 내가 평상시에 떠올릴 법한 추억이 아니었다. 가족과 보낸 행복했던 시간도 아니었다. 추억의 저장소에서도 아주 미미한 부분을 차지해 아예 소멸된 줄 알았던 기억들이었다. 옛날 남자 친구가 그중 하나였다. 만남도 헤어짐도 큰 설렘과 큰 아픔 없이 스쳐 지나간 사람이었다. 당시에는 그저 남들도 다 남자 친구가 있으니까 소외되기 싫어서 미적지근한 만남을 이어나갔다. 그런 관계를 유지한 스스로에게 실망하기도 했다. 그렇지만 덜 좋아해서 덜 상처받았던 기억이 내게는 정신의 진통제 역할을 했던 것 같다.

기억들이 얼마나 압도적으로 쏟아져 나왔던지, 단지 그리워하는 것을 넘어서서 건강하고 예쁘고 자유로웠던 20대의 나로 돌아간 기분이었다. 그렇게 기억에 취해 있으면서도 한편으로는 왜 가족들이 등장하지 않는지 궁금했다.

범람하는 기억의 홍수에서 벗어나 일상으로 돌아와 차분하게 마음을 가라앉힌 뒤에야 그 답을 알 것 같았다. 가족은 내게 가장 중요하고 사랑하는 존재이지만 그들을 떠올리면 기쁨만이 아니라 무거운 짐도 짊어져야 했다. 남편과 아이, 부모님을 떠올렸다면 미안하고 걱정스러운 마음에 현재의 내 상태를 비관하고 초조해했을 것이다. 아픈 몸에 죄책감을 가지지 말아야 하지만, 그렇다고 마냥 당당할 수도 없어서 마음이 복잡했다. 그래서 다디달고 완벽하게 재구성된 추억 속으로 도피하고 싶었던 게 아닐까?

그때 경험했던, 비정상적으로 느껴질 만큼 생생한 기억에 대해서 스스로 납득할 만한 설명이 필요했다. 몸이 약해진 틈을 타 정신이 무너졌던 것일까. 아니면 아픈 몸과 마음을 달래는 데 필요했던 진정제였을까. 조금은 다른 변주이지만 올리버 색스의 책에서 이런 환청과 환각의 경험을 다루고 있다.《아내를 모자로 착각한 남자》중 〈회상〉이라는 글에서, 색스는 한 환자가 병증으로 갑자기 생생한 환청과 환각을 경험한 일화를 서술한다.

환자는 어느 날 갑자기 노랫소리를 듣기 시작한다. 그건 꿈이 아닌 일상생활에서도 명백하게 들리는 환청이었다. 검사 결과 그녀는 뇌경색이 있었고, 관자엽의 발작은 회상과 경험적 환각을 일으켰다. 색스는 환청 그 자체는 생리학적인 원인 때문이지만, 경험은 어린 시절에 들었던 음악이 선택적으로 재생된 것은 옛 기억을 떠올리고 싶었던 그녀의 소망과 관련이 있다고 추측한다.

결국 환청은 치료를 받으면서 사라졌다. 그녀가 그리워하던 노랫소리는 사라졌지만 떠올렸던 기억은 치유하는 효과가 있었다. 기억은 그저 과거의 나열이 아니라 당시의 감정도 함께 저장된 것이어서, 기억을 떠올린 내내 어린 시절로 돌아간 것처럼 마음이 평안했기 때문이다.

나 역시 압도적으로 쏟아졌던 기억들이 제멋대로 튀어나온 것이 아니라는 생각이 들었다. 피폐했던 내면의 강렬한 요구가 기억의 홍수를 불러온 것이 아닐까. 꿈같기도, 환각 같기도 했던 기억 속에서 나는 어떤 아픔도 느끼지 않고 자유로웠다. 무엇도 증명할 필요 없이 존재 자체로 사랑받았던 경험은 소중했다. 기억의 바다에 풍덩 빠져 그 안에서 유영하며 깊은 환희를 느꼈다. 생생한 꿈과 기억 속에서 나는 치유된다고 믿고 있었다.

인생의 휴가 같은 날들

돌아보면 입원 기간은 인생의 휴가 같은 날들이었다. 매일 아침 아이를 깨워 준비시키고 차로 학교까지 실어 나르던 일상에서 벗어났고, 주어진 역할을 해내느라 쉴 새 없이 돌아다녀야 하는 고단함에서도 벗어났다. 아무것도 하지 못한 채 통증만 다스리며 지냈던 시간에서 빠져나와 무언가를 적극적으로 시도했다는 자체만으로 짜릿했다. 무력했던 시절을 벗어던진 것 같은 해방감이 들었다.

나는 극심한 고통에 시달리면서도 기묘하게 행복했다. 주변에 해야 할 일들이 널려 있지 않은 공간, 남들이 다 알아서 치워주고 먹을 것을 차려주는 생활은 여행과도 비슷했다. 운 좋게 창가 자리를 차지해서 매일 밤 야경을 보기도 했다. 피할 수 없으면 즐 기라는 말처럼 주어진 상황에서 최대한 좋은 점만 보려고 했다. 모든 걱정을 차단해버렸다. 내가 할 수 있는 게 아무것도 없는데 누워서 걱정만 하는 게 무슨 소용인가 싶었다.

머리를 못 감아 떡이 되고, 제대로 손질하지 못해 산발이 되고, 건조한 병실의 공기 때문에 얼굴은 푸석푸석했지만, 웬일인지 거울을 볼 때마다 내가 피어나고 있다고 느꼈다. 다리는 덜그럭거리는 해골 인형처럼 몸통에 덜렁덜렁 달려 있는 것 같고, 온몸에 기름때가 끼어 근질근질했는데 왜 그렇게 느꼈을까? 엄마, 아내, 딸, 며느리… 나에게 부여된 모든 역할에서 완전히 해방된 홀가분함과 함께 껍질을 깨고 나온 듯한 자유를 맛보았기 때문이다. 당시의 나를 본 친구들이 "너 회춘했는데?"라고 말할 정도로 명백하게 다른 빛이 나오고 있었다.

짧게는 입원 기간 동안, 길게는 수개월 이어진 재활 기간 동안 반복적으로 마음의 휴가를 떠났다. 긴 재활 기간, 불편한 현실을 인정하기 싫어서 무작정 쉴 곳을 찾아 떠나고 싶었는지도 모른다. 아주 오래 육아에만 몰입했던 삶에서 벗어나 다른 풍경을 보게 된 시기이기도 했다. 침상에서 거의 꼼짝 못 하고 누워서 간병을 받을 때에도 마음은 자유로운 여행을 하고 있었다. 자유로운 여행이라고 해서 특별히 대단한 것도 아니었다. 건강해진 몸으로 생의 온 감각을 받아들이고 감정을 억누르지 않고 온전히 느끼는 것이었다.

그때 나는 꿈을 꾸고 있었다. 수술의 결과가 어떨지도 모르면서 완벽하게 통증이 사라진 몸으로 사는 건강한 나를 그려보았다. 그러나 현실의 나는 어떤 모습이었을까? 그저 폭탄 맞은 머리를 하고 누워 있는 중년 여성일 뿐이었다. 다행히도 나는 내 모습을 제대로 들여다볼 수 없었다. 병원은 거울이 많지 않은 곳이다. 작은 손거울과 세면대 위의 거울이 아니면 내 모습을 비춰볼 수가 없다. 의도적이든 아니든 거울을 두지 않는 병원의 세심한 배려(?) 덕분에 내 비참한 모습을 들추지 않고 꿈꾸는 그대로 내버려둘 수 있었다.

병원에서의 일상은 여러 직원의 도움으로 이어나갔다. 아침이면 밥을 먹고 검사와 재활을 위해 이동한다. 이동할 때는 먼저 침대의 상판을 서서히 올린다. 상판을 너무 많이 올리면 아프기 때문에 약간만 올린 채, 직원이 내 상체를 살짝 들어 올리고 침대와 나 사이의 공간에 들어와 앉는다. 그렇게 뒤에서 껴안는 자세로 겨드랑이 사이로 팔을 넣어 어깨를 집게처럼 그의 팔로 감싼다. 뭔가 어색한 자세처럼 보이지만 등을 완전히 그의 몸에 기대고 있어서 안정적이었다. 다리는 간병인이 들고 조심스레 수평을 맞추면서 휠체어에 옮겼다. 둘의 동작이 아주 약간만 맞지 않아도 격한 통증이 와서 복도에 있는 간호사가 뛰어올 만큼 비명을 질렀다. 이런 식으로 타인의 신체가 밀접하게 내게 닿고 나도 완전히 의지하는 일을 하루에도 몇 차례씩 반복한다. 이동 담당 직원은 교대 근무를 해서 그때그때 바뀌는데 나처럼 심한 고통에 시달리는 환자에게는 특별히 더 유능한 '에이스'가 배정된다고 한다. 그래서였는지 한 직원을 유독 자주 보게 되었다. 첫 번째 수술에서도, 연이은 두 번째 수술에서도 같은 사람을 만났다.

하루는 그 직원이 먼저 말을 걸어왔다. 그는 침대 머리맡에 둔 북유럽 신화에 대한 책들을 보고는 자기도 영화 때문에 신화를 이것저것 많이 읽었다고 이야기했다. 병실에서 재활실까지 이동하는 길지 않은 시간 동안 이집트 신화와 북유럽 신화에 비슷한 점이 있다며 신나게 말했는데, 기대하지 않았던 장소에서 친구를 만난 것 같아서 얼마나 숨통이 트였는지 모른다. 어지러움과 구토를 꾹꾹 참으며 겨우 대화를 나누었지만, 지루했던 입원 생활 중 그때 처음으로 신선한 기쁨을 느꼈다.

그렇게 그와 대화를 나누는 시간이 잦아지자 내 모습이 신경 쓰이기 시작했다. 간병인이 따뜻한 물로 수건을 적셔서 얼굴과 몸을 닦아주고 양치할 물과 칫솔, 치약을 침상으로 가져다주면 그걸로 우선 가장 급했던 찝찝함을 덜어냈다. 자외선 차단 기능이 있는 톤업크림도 발랐다. 떡이 된 머리에는 냄새가 나지 말라고 드라이 샴푸를 뿌렸다. 어쨌든 하루에 몇 번이나 타인의 품에 안기는데 덜 불쾌한 존재가 되어야겠다는 생각을 했다. 약간은 설레기도 했다. 다른 한편으로는 나의 이런 설레고 떨리는 감정 상태를 드러내면, 아니, 들키면 그가 얼마나 불쾌할까. 주변 사람들이 나를 놀림거리로 삼지 않을까 두려웠다.

필립 로스의 《에브리맨》이라는 책에서 주인공은 유복한 환경에서 자라 성인이 되어서도 부와 명성을 누린다. 세 번의 결혼과 세 번의 이혼을 하고 아픈 몸으로 홀로 남게 된 그는 노년에 접어들면서, 소망했던 바다가 보이는 집에서 수영을 하고 그림도 그리며 평온한 일상을 보낸다. 하지만 여전히 여성을 보면 꿈틀거리는 욕망을 멈추지 못한다. 어느 날 그는 집 근처에서 매일 조깅하는 젊은 여성을 본다. 그녀에게 데이트 신청을 하지만 허망하게도 그녀는 바닷가에서 자취를 감춘다. 육체는 쇠약해졌지만 욕망은 그대로일 때, 그런 자신의 모습을 객관화하지 못했을 때, 인간은 얼마나 초라해지는가. 비록 바닷가의 젊은 여성이 모멸감을 주는 말로 거절하지는 않았지만, 다시는 만날 수 없도록 사라져버린 상황 자체가 이미 적극적인 의사 표현을 한 것과 같았다. 소설 속의 그 장면은 마치 내가 겪었던 일인 양 잔상이 남아 머릿속을 오래 맴돌았다.

나도 에브리맨, 보통의 평범한 사람이었다. 노년이 대학살이라고 외치는 책 속 주인공처럼 잃어가는 것들을 의식하고 안간힘을 써서 내 자리를 지키고 싶었던 것 같다. '아직은 마흔이 되지 않았어.' '아직은 젊어 보여.' '난 곧 괜찮아질 거야.' 스스로에게 그렇게 외쳤다.

　　다음 날에도 그 직원은 늘 그랬듯 나를 검사실로 옮기러 왔다. 그날은 간병인이 계시지 않았는데, 그럴 때면 그는 사적인 말을 더 많이 건네곤 했다. 신발을 신겨주고 무릎에 담요를 덮어주며 나를 힐끔 보고는 "미인이신 거 같아요"라고 말했다. 순간 마음에 꽃이 피는 것처럼 화사해진 기분이었다. 그런데 곧 이어서 "서른일곱이라니, 나이가 꽤 많으시네요"라고 하는 게 아닌가. 잠시 완벽했던 인생의 휴가가 와장창 깨지는 순간이었다.

　　"내 나이가 어때서!"

사랑에도
한계가 있다

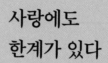

.. 서로의 '곁'이 된다는 것

3

당연한 돌봄은
없다

고통에 압도당해서 판단력을 잃었는지도 모른다. 아무런 대책도 없이 빨리 집으로 돌아가고 싶었다. 몸이 어느 정도 회복되자 병원이 더 불편하게 느껴졌다. 무엇보다도 병원의 공기 자체가 싫었다. 집에 가서 창문을 활짝 열고 맑은 공기를 들이마시고 싶었다. 온갖 냄새의 잡탕 속에서 가장 괴로운 것은 내게서 나는 냄새였다. 제대로 씻지 못해서 찌든 체취에, 드레싱을 한 부위의 소독약 냄새가 섞여서 스멀스멀 올라오면, 내 냄새지만 역겨울 때가 있었다. 내 몸에서 나는 냄새라 익숙해져서 코가 마비될 법도 한데, 한 번씩 새삼스럽게 후각을 강타하는 악취에는 정신이 혼미해졌다.

돌아가면 우선 내 공간에서 내가 원할 때 시원하게 씻고 싶었다. 그다음으로는 먹고 싶은 걸 마음대로 먹고, 회진과 각종 검사로 방해받지 않고 휴식을 취하고 싶었다. 집에 가서 무엇을 할지만 생각했지 일상생활의 자질구레한 일들을 어떻게 해결할지는 계획하지 않았다. 가족들이 돌봐줄 테니 집에 가기만 하면 다 해결될 거라 생각했다. 그 모든 돌봄이 그저 당연했다.

내 기억에는 첫 번째 수술의 입원 기간이 영원과 같이 길고 지루하게 느껴졌는데, 나중에 병원 기록을 살펴보니 어이없게도 단 10일이었다. 그것도 병원 측의 배려로 2~3일 더 연장한 것이었다. 첫 번째 10일, 두 번째 9일, 가장 수월했던 세 번째 수술은 6일간 병원에서 지냈다. 그렇다고 해서 열흘 만에 온전한 몸 상태로 퇴원한 것은 아니었다. 대형병원에서는 새로운 수술 환자를 빨리 받아야 수익을 올릴 수 있다. 그래서 기존 입원 환자가 큰 합병증이 예상되지 않는다면 입원실을 오래 차지하게 놔두지 않는다. 같은 방을 썼던 환자들은 나보다 더 빨리 퇴원했다. 내가 있는 동안 두세 명의 환자가 바뀔 정도로 '회전율'이 높았다. 나 역시 병원에서 밀어내듯이 내보냈다. 물론 나도 병원이 답답해서 빨리 탈출하고 싶었지만.

첫 수술을 마치고 퇴원했을 때는 수술이 성공적이지 않았다는 사실조차 잊을 만큼 기쁨에 가득 찼다. 앞으로 집에서 겪게 될 어려움은 감히 예상하지 못하고, 그저 한껏 들떠 있었다. 휠체어에 앉아 병원 복도에서 퇴원 수속이 끝나기를 기다리고 있을 때였다. 엄마, 아빠, 남동생은 부산하게 각자 맡은 일을 처리하고 있었다. 저 멀리서 이동을 담당했던 병원 직원이 나를 보고 복도를 가로질러 바쁘게 달려왔다. "퇴원하시는 거예요? 돌봐줄 사람은 있나요?" 하고 걱정스레 물었는데, 나는 이곳을 벗어난다는 기쁨과 기대에 취해 신이 난 표정으로 "물론이죠!"라고 대답했다. 마치 집에 돌아가기만 하면 싹 나을 것처럼, 그리고 다시는 돌아오지 않을 것처럼.

그 흥분은 차에 타는 순간부터 가라앉기 시작했다. 병원이라는 완벽한 돌봄의 공간에서 벗어나 현실 세계의 장애물에 과속방지턱도 없이 달려가 부딪치는 것 같았다. 건강했으면 의식하지 않았을 일상의 세부적인 움직임들을 온몸으로 느껴야 했다. 차에 타기 위해 목발을 짚고 일어서다 휘청거렸고, SUV의 약간 높은 좌석에 앉는 것도 불편했다.

집으로 돌아가는 풍경은 낯설고 황량했다. 수없이 다녔던 올림픽 대로에서 한강을 바라보는 길이 아득하게 느껴졌다. '도강渡江'이 마치 다른 차원, 이승에서 저승으로 가는 길 같았다. 강을 건너는 게 앞으로 건너야 할 고생길 내지는 큰 도약을 의미하는 것처럼 보였다. 그때가 수술을 받기 전만큼이나 두려운 순간이었다. 집에 가서 잘 지낼 수 있을까? 나 자신이 그렇게 약하게 느껴진 적이 없었다.

낮에는 엄마가, 저녁에는 남편이 퇴근해서 돌봐주기로 했다. 처음에는 너무 좋았다. 음악도 마음껏 듣고, 텔레비전도 내 마음대로 틀고, 식사도 골라 먹을 수 있고…. 가족들은 내가 방에만 있으면 답답하고 심심할까 봐 가구 배치를 바꿔서 내 침대를 거실에 내놓았다. 집 안 분위기가 어수선했지만, 탁월한 선택이었다. 간병인과 둘이 좁은 병실에만 있다가 탁 트인 곳에 있으니 휴양지에 온 기분이었다. 어쩌면 감사한 마음이 더해져서 익숙했던 공간이 새롭게 느껴졌는지도 모른다. 뽀송뽀송한 침구에 누워 있으면 집안의 컨트롤 타워가 된 것 같았다.

그러나 집에 돌아왔다는 행복감은 현실적인 문제들에 압도당하며 옅어지기 시작했다. 가장 큰 문제는 생리 현상이었다. 퇴원 후에도 다리 힘이 충분히 돌아오지 않아서 혼자서 화장실에 가거나 씻을 수가 없었다. 목발을 짚고 화장실까지는 어찌어찌 갔지만 혼자서 변기에 앉고 일어설 수가 없었다. 너무나 사적인 영역까지 다른 이의 도움을 받아야 하는 상황은 내게도 큰 스트레스였고, 가족들에게도 부담이었다.

엄마의 어깨가 많이 무거웠다. 내가 원한 돌봄과 당신 스스로

해야 한다고 생각한 것의 거리를 좁히기가 어려웠다. 나는 엄마가 맡을 돌봄이 별로 힘들지 않을 거라고 생각했다. 씻기, 청소하기, 아이 등하교와 식사 준비 등은 부족한 대로 남편에게 맡기면 되고, 엄마는 내가 화장실 갈 때만 도와주면 된다고 말했다. 그러나 그 시간의 공백을 견디지 못한 엄마는 일을 만들어서 하기 시작했다. 서랍을 다 열어 물건을 꺼내 정리하고, 집을 매일 쓸고 닦고, 건강에 좋은 음식을 직접 보고 사 오겠다며 나가서 장을 보고. 100~200퍼센트의 정성을 쏟아 돌보려고 무리를 했다. 처음에는 일을 분담하려고 했지만 엄마는 '대충'을 용납하지 못했다. 과중하게 모든 영역을 다 도맡아 하려고 했다. 결국 각자에게 일을 분담하려던 계획은 보기 좋게 무너지고 말았다.

당시 나는 하루에도 몇 번씩 소변을 봐야 해서 생리적인 욕구를 처리하는 게 가장 중요했다. 하지만 내게 가장 중요했던 일은 이미 온갖 가사에 치인 엄마에게는 부차적인 일이 되어버렸다. 화장실에 가고 싶어도 일하느라 힘들어 보이는 엄마의 눈치를 살펴야 했다. 참고 참다가 말하면, 이미 너무 지쳐 있던 엄마는 당신도 모르게 한숨을 내쉬었다. 그렇게 며칠을 지내다 화장실에 가는 일이 이렇게 눈치를 봐야 할 일인가 싶은 마음에 제발 가만히 있다가 내가 화장실 갈 때만 도와주면 안 되냐고 한 소리를 하고야 말았다. 참을걸. 그렇게 엄마의 돌봄은 애만 쓰다가 몸과 마음만 상한 채 끝났다.

엄마의 돌봄은 퇴원 후 단 며칠이 아니라 사실은 입원하기 전부터 누적되었다. 입원 전 아이의 등하교, 식사, 학원 보내기 등 무작정 맡긴 일들이 너무 많았다. 퇴원 후에는 내가 화장실에 갈 때만 부축해주면 되니 쉬울 거라 생각했지만 나보다 작고 연세가 많으신 엄마에겐 쉽지 않은 일이었다. 조금이라도 각도가 틀어지거나 앉히는 속도 조절을 잘못하면 통증을 호소하던 나를 잘 부축하기란 보통 일이 아니었다. 나중에 동생을 통해 엄마가 너무 힘들다고 하소연하며 울었다는 이야기를 전해 듣고서야 엄마의 입장을 생각해보았다. 그렇게 엄마의 돌봄이 급작스럽게 종결되자 죄책감과 섭섭함이 한꺼번에 뒤엉켜 나를 괴롭혔다.

내가 이 악물고 혼자 할 수 있으면 좋았겠지만 그것이 불가능한 상황에서 누군가라도 도울 사람을 찾아야 했다. 엄마 대신 동생이 오기로 했다. 동생은 날 전혀 어렵지 않게 대했다. 동생의 태도는 훨씬 여유가 있었다. 태블릿을 들고 와서 자기 할 일을 하다가 내가 화장실 갈 때 부르면 와서 앉혀놓고, 볼일을 보다 다시 부르면 안아서 일으켜 세우고 부축하는, 내가 요구하는 가장 중요한 돌봄 단 한 가지에만 충실했다. 생활의 리듬을 파악하더니 서너 시간 간격으로 오겠다고 자리를 비우는 여유까지 부렸다. 오히려 같이 붙어서 지루한 시간을 보내지 않아도 돼서 한결 홀가분하고 편했다. 이럴 줄 알았으면 처음부터 동생을 부를 것을. 그랬으면 서로 마음이 상하지 않았을 텐데…. 모든 일에 과하게 애쓰는 엄마의 성향을 알면서도 큰 짐을 맡긴 내가 어리석었다는 생각이 들었다.

돌봄의 관계는 환자와 간병하는 사람 모두의 노력이 필요하다. 《케어》라는 책을 쓴 아서 클라인먼은 잘 돌보기 위해서는 돌봄을 받는 사람의 적극적인 참여가 있어야 한다고 말한다. 의사였던 그가 보호자의 입장에서 치매에 걸린 아내를 10년간 간병하면서 겪은 일들을 기록한 책에는 의료인류학자로서의 관점도 함께 녹아 있다. 클라인먼은 아내가 항상 따뜻하게 반응하고 고마움을 표현했으며, 자신을 신뢰했기 때문에 아내를 오랫동안 돌볼 수 있었다고 이야기한다. 불편과 아픔을 기꺼이 돌보는 가족 간병인을 위해 환자가 할 수 있는 일이 무엇인지 생각해볼 수 있는 책이었다.

돌봄을 받는 사람도 해야 할 역할이 있었다. 돌보는 사람을 잘 지켜보았어야 했다. 사랑과 감사의 시선으로 그들을 면밀히 관찰했어야 했다. 이 일을 계기로 가족이라고 간병의 책임을 당연하게 맡을 수는 없다는 걸 깨달았다. 가족이어도 각자가 가진 에너지 레벨이 다르고 상황을 받아들이고 스트레스를 처리하는 방식도 다르다. 같은 일이라도 수월하게 하는 사람이 있는가 하면, 스트레스가 심해 임무 수행이 어려운 사람도 있다. 그리고 내 입장에서는 단 며칠이었지만 가족들은 본래의 생활리듬이 뒤죽박죽이 된 채 새로운 상황에 적응하느라 힘들었다는 사실도 뒤늦게 알았다. 또 겸허하게 받아들여야 했다. 나 역시 누군가를 돌봐야 할 상황에 놓이면 특별히 다르지 않을 거라는 걸, 돌봄은 누구에게도 당연하지 않고, 사랑에도 한계가 있다는 걸. 그게 가족일지라도.

불편함도 억울함도
진실한 감정이다

퇴원하고 초기에는 가족들 모두가 나를 잘 챙기고 도와야겠다는 긴장감으로 바짝 곤두서 있었다. 다정하고 고맙고 든든했다. 모두가 나를 위해 일사불란하게 준비를 해왔다는 것이 느껴졌다. 아이 같은 마음으로 돌봄을 받았던 그 며칠이 너무 따뜻하고, 감사했다. 보고 싶었던 아이가 집 안에서 왔다 갔다 돌아다니는 모습을 보고만 있어도 그저 좋아서 마음에 꽉 차오르는 충만함을 느꼈다. 처음에는 드디어 집에 왔다는 기쁨과 설렘 때문에 몸의 불편함이나 아픔을 잘 느끼지 못했다. 그러나 단 며칠이었다. 퇴원이 내겐 회복의 시작이었지만 가족들은 내가 입원한 뒤부터 달라진 집안 상황에 적응해야 했다. 그들은 이미 피로가 누적된 상태였다. 일상으로 전환하는 시점은 예상보다 더 빨리 찾아왔다.

그 당혹감은 신혼여행을 다녀와서 일상으로 복귀한 첫날, 아침을 차려달라는 말을 듣는 순간과 비슷하다고 할까? 영화처럼 남자가 토스트와 오믈렛을 만들어줄 거라고 기대했는데, 남편 역시 아침에 오첩반상을 받는 꿈을 꾸고 있었던 것이다. 출산 후 집으로 돌아왔을 때 서로 돕겠다고 나서던 가족들이 한순간에 모두 각자의 집과 일터로 돌아가 신생아와 단 둘만 남는 순간의 막막함과도 비슷하겠다. 나는 일상으로 복귀할 준비가 전혀 되지 않았는데 떠밀리듯 나의 역할로 돌아가야 했다. 이미 변화가 시작된 이상 되돌릴 수가 없었다. 아파서야 얻은 인생의 휴가는 그렇게 흐지부지 끝나버렸다.

살면서 기대와 환상이 깨지는 순간을 종종 경험했지만, 이번은 차원이 달랐다. 오래 살았던 익숙한 공간과 항상 해오던 일이었지만, 내 몸이 익숙하지 않았다. 능숙하게 하던 일을 처음부터 새로 배워야 했던 경우는 그 전에는 없었다. 목발을 짚어야 겨우 걸었던 데다, 움직임의 범위도 상당히 제한적이어서 모든 일이 낯설었다. 허리를 굽히거나 쭈그리고 앉을 수 없어서 뭐라도 떨어트리면 긴 집게 같은 도구를 이용해서 주워야 했다. 가뜩이나 손의 근력이 약해서 물건을 잘 쥐고 있지 못하는데 떨어트리기까지 하면 상황을 돌이키는 데 너무 많은 에너지와 시간이 들었다. 작은 실수들로 가득 찬 하루하루를 보내다 보면 아무리 감정을 꾹꾹 눌러도 신경이 곤두서고 짜증이 늘 수밖에 없었다. 별것 아닌 일로도 비참해지거나 욱하고 화가 치밀어 올라 눈물이 줄줄 흘렀다.

내가 아프다고 해서 남편과 아이가 갑자기 평소에 잘하지 못했던 집안일에 마법처럼 능숙해질 리 없었다. 자기 주도적으로 일을 하기는커녕 지시를 해도 무엇을 어떻게 해야 하는지 몰랐다. 무엇보다 내가 해달라는 일들이 남편과 아이에게는 우선순위가 아니라는 점이 견디기 불편했다. 내 요구나 부탁을 "조금만 있다가." "이거 먼저 하고 나서 해줄게." "나중에." 이런 말들로 미뤄서 번번이 좌절감을 느꼈다. 주부로서의 내 삶은 언제나 대기 상태였다가 그들이 원할 때 바로바로 해결해주는 것이 일상이었는데, 막상 내가 무언가를 요구하자 그들은 매번 다음으로 미뤘다. 일거리가 널려 있는데 계속해서 어지르는 모습을 보면 속상했다. 집 안 꼴은 점점 엉망이 되어갔다.

그러다 보니 아무것도 하지 않는 생활이 더 힘들어졌다. 하루의 무료함을 무언가로 채워야 하는 정신적인 허기뿐 아니라 현실적으로도 내 손이 가지 않으면 안 될 것 같은 위기의식을 느꼈다. 그때부터 몸을 크게 쓰지 않아도 할 수 있는 일들을 찾기 시작했다. 아이의 공부를 다시 봐준다든가 간단한 음식을 만드는 일은 할 수 있을 것 같았다. 그렇게 대단한 일도, 몸을 많이 써야 하는 일도 아니었지만 마음을 먹는 데에만 며칠이 걸렸다.

그렇게 다시 주부의 역할로 돌아가서 이런저런 일을 하다 보면 존재의 증명이라도 한 듯 잠깐은 뿌듯한 느낌이 들었다. 하지만 온종일 불편한 몸을 견디느라 턱 밑까지 차오른 감정이 한순간에 (아주 새털만큼의 무게를 더했는데도) 역치를 넘겨버리기도 했다. 양가감정에 시달렸다. '이런 일이나마 내가 기여할 수 있어서 다행'이라는 생각과 '아픈 상황에서도 쉬지 못하는 억울함'이 공존했다.

그로부터 몇 년 뒤 남동생 부부와 담소를 나눌 때였다. 그때 올케가 이런 이야기를 했다. 오빠(남동생을 여전히 오빠라고 부른다)와 집안일을 많이 나눠서 하긴 하지만 오빠가 음식은 전혀 만들 줄 모른다고. 자기가 아플 때 정성이 담긴 집밥이 먹고 싶은데 사다 주기만 하니까 너무 섭섭하더라고 말이다. 역시 나만의 생각은 아니었다. 나도 집밥을 받아먹고 싶었다. 온갖 애정과 염려를 담아 정성껏 만든 마음의 증거를 보고 싶었다. 나는 올케보다 더 불편하고 힘든 상황을 꽤 오래 겪었는데도, 왜 서운한 마음을 남편에게 표현하지 못했을까? 왜 이런 이야기를 말로 꺼내지 않고 꾹꾹 담아두고 애썼을까?

한마디로 말하자면 '책잡히고 싶지 않아서' 그랬다. 아내와 엄마로서 돌봄의 역할을 쭉 맡아왔지만, 내가 받을 입장이 되자 아픈 몸에 대한 자격지심이 생겼다. 내가 했던 만큼 돌려받지 못하는 것에 불만을 가지면서도 요구하기가 어렵고 부정적인 감정을 표출하기가 어려웠다. 아니, 부정적인 감정을 수용하기조차 어려웠다. 특히 엄마들은 더더욱 의식적, 무의식적으로 긍정적인 세계관을 추구하게 된다. 사물의 좋은 면, 긍정적이고 희망적인 미래, 타인을 향한 포용과 이해, 인내와 사랑 같은 긍정적인 가치가 사랑하는 내 아이가 사는 세상에 더 많이 퍼져 있기를 바라는 마음에서다.

그러나 긍정적으로 살고 싶다고 해서 부정적으로 느끼는 감정을 억누르다 보면 결국 원치 않는 순간에 터지곤 했다. 돌이켜 보면 불편함, 분노, 섭섭함… 이런 감정을 잘 들여다보고 제대로 표현할 언어를 빨리 발견했으면 어땠을까 아쉬운 점이 있다. 그때는 돌봄을 맡은 가족들이 상처를 받을까 봐 부정적인 감정을 제대로 표출하지 못했다. 물론 잘 참지 못했던 순간들도 많았고, 그때마다 상처를 받고 나를 멀리할까 봐 두려웠다. 그럴수록 불안을 동력 삼아 더 열심히, 더 빨리 일상으로 돌아가 내 역할을 해내려고 노력했다. 회복하기 위해 몸과 분투하는 동안 나의 내면과도 씨름해야 했다.

돌봄을 받으며 감사와 사랑, 축복을 느낀 순간도 많았다. 하지만 매 순간 충만한 돌봄을 받을 수는 없다. 돌봄은 인내의 한계와 능력의 부족함을 지속적으로 느끼는 과정이다. 그러한 돌봄이 일상이 되면 지리멸렬하고 기복이 심해서 거기에서 위대성을 찾는 게 억지처럼 느껴진다. 그럼에도 사랑과 축복을 받은 느낌이 사라졌을 때의 황량하고 막막한 느낌, 불편함과 억울함도 다 제각기 진실한 감정이라는 걸, 지금은 받아들일 수 있다. 절망의 순간에도 두고두고 곱씹을 행복을 느낄 수 있는 인생의 장면들이 기록된다는 사실을 이제는 알기 때문이다.

아픈 사람도 놀고 싶다

완벽하게 건강한 사람이 드문 것처럼 환자
에게도 다양한 스펙트럼이 존재한다. 그러나 대부분의 사람들은
무수히 많은 병의 종류와 각자가 처한 환경을 고려하지 않는다.
몸이 불편하다는 사실을 알게 되면 일단 환자라는 이름을 붙여
납작하게 한 면만을 바라보고 환자다울 것을 요구한다. 환자답기
를 바라는 요구에 정형화된 규칙이 있을 리 없다. 다만 보는 사람
눈에 아픈 사람이 너무 튀지 않는 존재이기를 바라는 것 같다. "너
무 밝아서 아프신 줄 몰랐어요"라는 말을 들을 때가 종종 있는데,
반대로 "아프다고 너무 우울한 표정으로 다니는 거 같아"라는 무

심하면서도 잔인한 말을 들을 때도 있으니 말이다. 밝지도 칙칙하지도 않은 그 중간의 어딘가에서 다른 사람들에게 불편함을 끼치지 않는, 조용히 아픈 존재가 바람직한 환자다움인가? 도대체 어쩌라는 건지 혼란스러웠다.

사람들은 몸이 아픈 사람의 삶에도 고통과 즐거움이 공존한다는 사실을 쉽게 간과한다. 건강해 보이는 사람들 대부분이 조금씩 아픈 부분을 끌어안고 사는 것처럼 환자도 아픈 몸으로 즐거움을 찾아다닐 수 있다. 매일 아프다며 끙끙대다가도 어떤 날에는 상쾌하게 일어나 밖으로 나가 삶을 즐기고픈 충동에 휩싸인다. 아픈 사람도 여느 건강한 사람들과 똑같이 자신의 몸을 돌보는 걸 때때로 (아니 자주) 잊고 몸에 나쁜 습관에 빠지거나, 중독에 탐닉하기도 한다. 환자가 되었다고 해서 갑자기 건강에 유익한 방향으로만 생각하고 살지는 않는다. 유쾌하고 명랑하다가도 비탄에 빠지고 더러는 어리석은 짓도 한다. 보통의 인간처럼.

사회에서는 생산성이 떨어진 이들이 더더욱 생산성이 없는 행동에 몰두하는 것에 곱지 않은 시선을 던진다. 사회까지 범주를 확장하지 않더라도 가장 가까운 가족들조차 그 시선에서 자유롭지 않다. 밖에서 놀 때는 '의지'가 생겨서 아픈 줄도 모르고 다니다가, 집에 오면 집안일이 싫어 선택적으로 아프다는 핑계를 대는 것처럼 여겼다. 나만을 위한 외출을 하면 비난의 화살이 돌아오곤 했다. "힘들 텐데 왜 무리를 하냐"며 은근하게 염려하는 어투로 물으면 반박조차 하기 힘들었다. 그렇게 염려와 걱정이라는 옷을 입은 조언들은 아무런 통제 없이 여기저기서 쏟아졌다.

어쩌다가 겨우 통증이 없는 잠깐의 시간을 즐긴 건데, 그 절실함을 몰라주니 속상했다. 내 삶인데 어디에 에너지를 더 쓰고 덜 쓸지도 스스로 결정할 수 없었다. 나를 도와준다고 해서 내 인생에 개입하는 걸 항상 허용해야 하는 건 아니다. 하지만 나를 돕는 사람의 개입을 계속 거부하거나 받아치기도 어려웠다. 왜 매번 내가 신체의 한계를 명확하게 인식하고 있다가, 정확하게 생산적인 일에만 에너지를 쏟아야 한다고 생각할까? 다른 사람들은 시간과 에너지를 낭비했다가 재충전하는 삶의 방식을 자연스럽게 받아들이면서, 왜 내게만 엄격한 기준을 들이댈까? 억울했다.

오랜 기간 나를 돌봐온 가족들은 나를 약간 낮춰보는 경향이 있다. 체력적으로 힘들어서 무력한 나의 상태를 '(아직도) 철이 없고 무모하며, (환자로서의) 책임감이 없다'는 식으로 바라보는 것 같았다. 신기하게도 철없는 존재로 여겨 어른으로서의 권리는 인정받지 못하는데, 성인으로서의 의무는 다해야 했다. 즉 내가 할 일은 당연히 해야 한다고 여기면서 의사 결정을 할 때는 내 권위와 능력이 부족하다고 느끼는 듯했다. 병원에서 의료진이나 간병인이 노인 환자를 대하는 모습을 볼 때도 비슷한 점을 많이 느꼈

아프면 보이는 것들

다. 어르신이라고 하면서도 환자에게 반말을 섞어 말하는 걸 종종 봤는데, 마치 아이를 다루듯 미묘하게 상대를 낮추는 것 같았다. 친밀함을 드러내는 것과는 사뭇 다른 느낌이었다. 도움이 필요한 상태는 심리적 무력감을 느끼게 할 뿐 아니라 관계에서도 약자로 만들었다. 아프면 아픈 사람답게 얌전하고, 순종적이어야 한다는 분위기에 숨이 막혔다.

환자가 환자다워 보이기를 요구받듯 약자는 약자답기를 요구받는다. 몇 년 전 어느 지역복지센터에 걸려온 전화가 이슈가 된 적이 있었다. 기초생활 수급권자인 아이들이 프랜차이즈 일식집에서 돈가스를 시켜 먹었는데 저렴한 분식집이 아니라 좋은 곳에서 먹어서 기분이 나쁘다고, 내 세금이 이렇게 쓰여도 되느냐는 항의 전화였다. 도움을 받는 사람은 도움을 주는 사람의 기분을 언짢게 하면 안 된다는 의식이 깔려 있는 말이었다.

약한 위치에 있는 사람은 그에 걸맞게 불쌍하고 착해야 하고, 내 눈에 거스르지 않을 정도의 행복만 '허락'하겠다는 심리는 아픈 몸을 대하는 편견과도 닮아 있다. 아직도 세상 어느 곳에서는 "없는 주제에 착하기라도 해야지." "몸이 불편하면 집에 있어야지, 왜 나와"라는 말을 거침없이 내뱉는 사람들이 존재하니까. 심지어 몸이 불편한 사람들이 부르짖는 생존을 위한 이동권도 무시하는 이들에게, 아픈 몸을 가진 사람이 유희와 행복을 추구하겠다고 말하면 당황스러운 게 당연하려나.

나는 어쨌든 나만의 돈가스를 먹어야 했다. 영화관이나 미술관 등 정서적으로 허용된 공간이 아닌 곳에 가고 싶었다. 지난한 재활치료에 지쳐가던 어느 날 동네 친구가 답답할 테니 밤마실을 가자고 꼬셨다. 왜 그런 외출을 해보려고 시도조차 하지 않았을까? 위험할까? 몸이 불편한 주제에 감히 밤 외출을 해도 될까? 잠시 주저했지만 반가운 제안이었다. 우리는 퇴근한 남편에게 아이들을 맡기고 동네 바bar에 갔다. 목발에는 어울리지 않는 등이 훅 파인 원피스를 입고 휘청거리며 바에 들어갔다. 직원과 다른 손님들은 나를 보고 어쩔 줄 모르는 표정을 감추지 못했다. 알코올이 들어가지 않은 스무디를 주문하고서야 주변의 당혹한 표정이 누그러짐을 느꼈다. 힐끔거리던 시선이 차츰 가라앉았고, 나는 너무나 오랜만에 평온함을 느꼈다. 그저 다디단 얼음 음료 한 잔 마셨을 뿐인데, 공간의 나른함에 취해 긴장이 풀리고 숨도 한결 편하게 쉬어졌다.

아픈 사람에게 요구되는 이미지에서 벗어나고 싶었다. 아픈 몸으로 선량하게 살면서 놀랍도록 자기 일을 꼼꼼히 해내는 초인적인 존재, 장애를 극복하는 드라마를 쓰는 영웅이거나 혹은 아픔 속에서 지혜를 찾은 현자 등 환상으로 덧씌운 이 모든 이미지가 부담스러웠다. 우리 주변에는 분명 훌륭한 사람들이 있지만 대부분의 사람들은 고만고만하게 살아간다. 난 평범한 사람으로 적당히 살고 싶었다. 위장장애를 앓고 있는 사람이 소주에 닭발을 먹고 후회하듯이 목발 짚고 나가 사람들 틈에서 실컷 웃고 떠들다가 다음 날 피곤함에 절어 후회하며 일어나보고 싶었다. 몸은 비록 피곤할지라도 지루한 장마의 끝물에 만난 맑은 날처럼 뛰쳐나가야만 하는 날들이 있는 법이다. 아파도 (덜 아플 때) 놀고 싶으니까.

적절한 고통의 언어를
찾아가는 중입니다

통증으로 시달리던 매일매일, 침대에서 몸을 일으킬 때부터 그날 하루의 운세를 점수로 매길 수 있었다. 오늘은 70점짜리 날이 되겠군, 하는 날은 제법 운세가 괜찮은 날이었다. 점수는 날마다 달랐다. 더할 때도 덜할 때도 있어서 오르락내리락 롤러코스터를 타는 것 같았다. 희망과 절망의 수치는 엎치락뒤치락하며 하루를 지배했다. 70점인 날은 반나절은 가볍게 돌아다닐 수 있었다. 하지만 장을 보거나 친구를 만나 밥을 먹고 가볍게 돌아다닐 정도의 외출은 큰마음을 먹어야 가능했다. 나중에는 통증이 심해져 반나절 돌아다니고 집에 돌아와 종일 끙끙 앓았던 그때를 추억하는 지경에 이르고 말았다. 통증은 기둥을 타고 자라는 식물 같았다. 몸에 심긴 통증의 씨앗은 보이지 않는 곳에서 꿈틀거리며 자라고 있었다. 기둥 뒤로 가면 잠시 보이지 않다가 어느새 훌쩍 커진 모습으로 나를, 그리고 삶이란 기둥을 옥죄며 자라나고 있었다.

오랜 기간에 걸쳐서 서서히 나빠진 것은 몸뿐만 아니었다. 마음도 어둠에 잠식되고 있었다. 더한 고통을 겪으면서 상대적으로 작은 고통을 참지 못했던 나 자신을 비난했다. 비난하고 다그치면 더 잘할 거라고 생각했다. 덜 아플 때 더 많은 일을 할걸, 그때 더 즐길걸, 하며 아쉬워했다. 그러나 그런 생각은 이전에 겪었던 고통을 하찮게 여기는 것이었다. 망각의 터널을 지나며 나 자신의 경험을 인정하지 못하고 과거에 겪었던 통증을 과소평가했다. 현재 극심하다고 생각하는 고통도 나중에는 작게 느껴질 거라며, 억지스럽게 지금 느끼는 통증을 참아야 할 당위를 찾으려 애썼다. 그렇게 고통의 현실에서 나를 떼어놓음으로써 통증을 견뎌보려고 했다. 하지만 현실 감각을 잃은 고통은 정확히 그 실체를 파악하기 어려웠다. 나조차 내 고통에서 소외되었다.

나도 인정하기 힘든 고통이기에 타인의 마음에는 전혀 가닿지 않는다고 생각했다. 아무리 설명해도 관심을 갖지 않고, 모두 자기 일에만 몰두하는 것 같았다. 건강해 보이는 모든 사람에게 화가 났다. 그들은 내가 누리지 못하는 걸 너무나 자연스럽게 다 가지고서도 감사하지도 않았고, 몸에 대한 불만을 늘어놓았다. 가만히 듣다 보면 비참한 기분이 들었다. 저렇게 잘 걸어 다니고, 저렇게 강하면서도 만족하지 못한단 말이지? 내가 아무리 노력해도 갖지 못할 걸 갖고 있으면서 더 건강해지겠다고 운동하고, 더 아름다워지겠다고 가꾸는 모습이 탐욕스러워 보였다.

나는 부엌에서 5분을 서 있기가 힘들어서 맛있는 요리를 만들기는커녕 매일 괴식 수준의 생존 음식을 어떻게 만들까 고민하는데, 김장 김치를 어떻게 해야 잘 담글 수 있는지 이야기하는 걸 듣고 있으면 자괴감에 휩싸였다. 그러나 어쩌겠는가. 섬처럼 살 수는 없으니 그저 웃는 얼굴로 듣고 있어야 했다. 나는 응당 그들이 가지고 누리는 모든 것들을 타 죽을 것 같이 질투했다. 그리고 그것을 내보이지 못해 속으로 죽어가고 있었다.

누구나 자신이 가진 고통이 100퍼센트라는 것을 매번, 잊지 않으려고 했다. 그런데도 내 고통에 함몰되어서 머리로 아는 것을 진심으로 느끼지 못했고, 주변의 아픔이 보이지 않았다. 내 통증과 견주어도 전혀 가볍지 않을, 그들 나름의 삶의 고민을 머리로는 알아도 가슴으로 느끼지는 못했다. 나중에 알았다. 나는 다른 사람들과 이야기를 나누고 있지 않았다. 듣는 척하며 은근히 내 고통과 그들의 고통을 견주었다. 내 고통과의 관계에만 중독

되어 인간관계에는 배타적이었다. 지속적인 통증을 겪는 삶은 무척 외로웠다. 모두가 이해해주지 못하는 영역에 살면서 이해를 갈구했고 그럴수록 주변으로부터 소외되었다. 사실 그들을 끌어 당기고 싶었는데, 알고 보면 내 곁에 있던 사람과 다가와서 도우려는 사람조차 악을 쓰며 밀어냈는지도 모르겠다.

남편과 동네 가까운 곳으로 외출했을 때였다. 버스 노선은 연결되어 있지 않고, 택시로 가기엔 너무 짧았던 애매한 거리, 버스 정류장으로 한 정거장 거리도 채 되지 않는 곳에 우리가 가려던 목적지가 있었다. 조금만 걸어가면 될 거 같았는데 나는 숨이 차오르도록 고통스러웠다. 발 한쪽을 떼기도 어려울 만큼 지쳐서 제발 택시를 타고 가면 안 되겠냐고 말했다. 남편은 황당해하며 거의 다 왔으니 조금만 더 참고 가자고 했다. 나는 순간 폭발해버렸다. 목적지에 가는 대신에 택시를 타고 집에 와버렸다. 목적지를 코앞에 두고 그 조금을 못 참았다고 비난한 태도에 화가 났고, 억울했고, 나를 아껴주지 않은 그가 원망스러웠다.

그 일은 두고두고 곱씹으며 분노했지만, 지금은 조금 다르게 읽힌다. 그때는 내가 통증으로 시야가 좁아져서 그가 속한 세상의 일을 전혀 읽지 못했다. 남편은 나와 외출할 때면 늘 동선을 최소화하려고 했다. 비록 내 컨디션을 정확히 반영하지 못하는 계획이었지만, 일상 속에서 나를 항상 배려하고 있었다. 그 원동력은 나와 보내는 시간을 즐거워하는 데에 있었다. 나는 그토록 기적 같은 일을 당연하게 여겼다. 그가 내게 조금만 더 걸으면 된다고 했던 것처럼 나도 똑같이 조금만 더 나를 이해해달라고, 조금만 더 내게 맞추라고 외치고 있었다. 하지만 고통의 한가운데에서는 그걸 알아채지 못했다. 통증 안에 매몰되어 숨이 넘어가고 있었으니까.

물론 내가 어떻게 느끼는지, 내 통증이 어느 정도인지, 어떤 배려를 원하는지 차분한 어조로 설명하려고도 했다. 그러나 그것은 하루 이틀의 이벤트가 아니었다. 매일매일, 수년간 누적된 시간 속에서 내 고통은 언어를 잃어버렸다. 내가 뱉는 말에 내가 질릴 정도로 반복되는 같은 이야기에는 어느 순간 원망과 짜증, 비난이 섞여 있었다. 이해를 바라며 시작한 말이지만, 상대에게 가닿는 언어는 이미 그 의도와 기능을 잃어버렸다. 언어를 잃어버린 소리는 의미를 전달하지 못하고 그저 시끄러운 아우성에 지나지 않았다. 나는 계속해서 말을 하고 있다고 생각했지만 다른 사람들이 듣기에는 지긋지긋한 푸념이었을 것이다. 나 또한 반향으로만 되돌아오는 메아리를 반복하면서 어떻게 그 시간을 견뎠는지 모르겠다. 내가 하는 말에 대답을 듣고 싶었다. 해결책이 아니라 그저 듣고 있다는 것만이라도 확인하고 싶었다.

임신 초에 급성으로 알레르기가 온 적이 있었다. 마치 내가 신생아가 된 것처럼 온몸이 붉어지고 둥그렇게 부풀어 올랐다. 살 여기저기에 주름이 잡히고, 숨이 막힐 것처럼 간지러워서 울면서 바닥을 데굴데굴 구를 정도였지만 원인을 찾지 못했다. 임신 중이어서 약도 제대로 쓰지 못했다. 집에서 혼자 감당이 되지 않아 친정으로 피신했다. 그러나 부모님도 딱히 방법이 없었고 나와 항상 붙어 있을 수도 없었다.

하루는 두 분이 약속이 있어 모임에 나가고 나만 혼자 남았는데, 친정에서도 혼자라니 낙담했고 두려웠다. 간지러움이 그렇게 고통스러운 줄은 꿈에도 몰랐다. 어찌할 바를 모르고 소리를 지르며 울었다. 간지러움에 미쳐서 베란다를 뛰어넘어 떨어져 죽고 싶을 정도였다. 누가 손이라도 잡아주기를 간절히 바랐다. 정신을 차리지 못하고 덜덜 떨며 뒹굴고 있을 때, 어릴 때부터 키우던 늙은 강아지와 눈이 마주쳤다. 강아지는 나를 쳐다보며 몸을 바들바들 떨고 있었다. 바짝 마른 치와와의 큰 두 눈에 눈물이 고여 있었다. 온 세상의 위로가 그 눈동자에 담겨 있었다.

그거면 되는 것이었다. 내 곁에 있다는 것, 내가 아픈 걸 알고 있다는 것, 온 존재로 알고 있다는 신호를 보내는 걸로 충분했다.

돌봄에도
휴가가 필요하다

재활 기간 중 가장 만만하면서도 가장 어려운 관계는 남편이었다. 나는 매일 복잡한 감정으로 괴로웠다. 미안하고 짜증 나고 고맙고, 고맙고 미안하고 짜증 나고. 순서를 바꿔서 빙글빙글 회전하는 감정들에 시달리면서도 결국은 그가 퇴근 후에 빨리 집에 오기만을 목 빠지게 기다리는 것 외에는 할 수 있는 일이 없었다. 남편은 퇴근하면서 가끔 간식을 사 오곤 했는데, 그럴 때면 어린 시절 아빠가 사 온 싸구려 장난감에 열광했던 아이로 돌아간 기분이었다. 예쁘지도 필요하지도 않은 장난감에 신났던 그 시절처럼, 아주 짧은 순간 이벤트가 펼쳐졌다. 남편이 사 온 간식은 이 지난한 하루를 버틴 특별한 보상 같았다. 야식을 따로 만들지 않아도 된다는 안도와 함께.

퇴근하고 돌아온 남편은 밀린 숙제를 하듯이 자잘한 일들을 하나씩 해결해야 했다. 다른 것들은 대충 혼자 할 수 있었지만 씻는 일은 위험해서 나 혼자 할 수가 없었다. 퇴원 후 며칠이 지나서야 (그동안 몇 번의 출장 드레싱을 하고, 수술 부위의 스티치를 제거하고서야) 드디어, 샤워를 할 수 있는 날이 왔다. 현대 사회를 살아가는 인간이 이렇게 오랫동안 씻지 않을 수 있다는 게 놀라웠다. 샤워할 날만을 손꼽아 기다리다 개운하게 샤워를 하고 나니, 세상 모든 행운을 다 끌어다 쓴 느낌이었다.

수술 이전의 나는 외출을 하지 않아도 매일매일 머리를 감고 집에서도 나름대로 예쁜 스타일을 유지하려고 노력하는 사람이었다. 몸이 불편하다고 해서 항상 해오던 일상을 포기하는 건 쉽지 않았다. 게다가 진이 빠지는 하루를 보내고 나면 뭐라도 개운하게 마무리하는 의식이 필요했다. 그렇지만 스스로 하는 것과 다른 사람의 도움을 구해 내 만족을 채우는 일은 다른 문제였다. 눈치가 보여서 남편에게 매일 머리를 감겨달라고 부탁하기가 어려웠다. 그것 말고도 해야 할 일들이 쌓여 있었기 때문이다. 그가 귀찮을까 봐 눈치껏 이틀에 한 번씩 감겨달라고 부탁하고는, 참는 게 힘들어서 빨리 하루를 건너뛰어 머리를 감을 수 있기를 간절히 바라고 기다렸다.

하지만 막상 남편에게 시키면 내가 원하는 수준으로 해내지 못해서 답답한 기분에 시달렸다. 환자용 목욕 의자에 앉아서 몸을 뒤로 기대면 남편이 머리를 감겼다. 미용실 의자처럼 목 받침이 있는 게 아니어서 하다 보면 상체가 다 젖거나, 목이 아파서 내 손으로 뒤통수를 받치면서 버텨야 했다. 남편은 딴에는 열심히 한다고 했지만, 두피는 씻지 않고 머리카락 겉 부분만 휘휘 저어서 감겼다.

마음속으로는 '손가락 지문을 이용해서 두피를 마사지하고, 비듯기를 말끔하게 헹구고, 트리트먼트는 모발의 끝에만…' 이렇게 말하고 있었지만 그걸 끄집어내면 안 된다는 걸 알았다. 엄마와 간병인에게는 부탁할 수 있었지만, 평소 자기 머리도 대충 감는 사람한테 뭘 어떻게 더 잘하라고 시키나 싶어 도저히 입이 떨어지지 않았다. 이건 씻어도 씻는 게 아니어서 나중에는 오히려 두피가 간지럽고 비듬까지 생겼다. 그렇게 가까우면서도 머리 한 번 시원하게 감겨달라고 말을 못 하다니, 참 어려운 사이였다. 엄마에게 불만을 말했던 것처럼 솔직했다가는 남편이 도망이라도 갈까 봐 걱정이 돼서 하고 싶은 말들을 꾹 눌렀다.

한편으로는 하고 싶은 말들을 꾹 참았던 인내의 시간 동안 그의 모습을 차분하게 관찰할 수 있었다. 폭발했으면 미처 보지 못했을 긍정적인 측면을 발견했다고 할까. 나는 그가 우리가 처한 상황을 적어도 내가 느끼기에 그렇게 무겁게 받아들이지 않았다는 점이 편했다. 상황을 가볍게 여기고 지나치게 집중하지 않아서 서로의 감정이 격하게 과열되지 않았다. 남편은 완벽하려 애쓰기보다 자기 능력 안에서 할 수 있는 만큼만 했다. 그래서 오히려 힘을 빼지 않고 돌봄을 지속할 수 있었던 것 같다. 때로는 씻기면서 축 늘어져 있는 내게 장난도 치고 재미있어했다. "10년 넘게 살았으면서 아직도 신기하니?" 하고 물어보니 그는 해맑게 웃으며 여전히 그렇다고 대답했다. 피할 수 없으니 받아들이려고 애쓰는 건지, 아니면 공감을 잘 못 해서 덜 피곤하게 느끼는 건지 헷갈렸지만 분명한 점은 곁에서 기꺼이 돌보았다는 것이다.

남편은 아침이면 일어나 일터로 가야 하기에 그의 생활에 내가 짐이 되는 상황은 가능한 피하고 싶었다. 한번은 화장실에 가고 싶어서 자다가 깬 적이 있었다. 잠들기 전에 모든 일을 다 깔끔히 해결하려고 했지만 편하게 잠을 이룰 수가 없어서 자주 깼던 나는 애매한 시간에 요의가 오곤 했다. 너무도 곤히 자는 남편을 차마 깨우지 못하고 참고 참다가 막상 깨웠을 땐 옷에다가 싸버릴 만큼 급박한 지경이 되어버렸다. 화장실에 갈 여유도 없어서 혹시나 하고 사둔 소변기에 볼일을 보고 말았다. 엉덩이가 뚫린 의자 아래에 달린 통에 소변이 쏟아지는 소리가 생생하게 들렸다. 적막한 밤에 플라스틱 통의 벽면을 치며 떨어지는 소리는 적나라했다. 남편이 소변 통을 치우면서 "내가 이런 것까지 하게 될 줄은 몰랐네"라고 말하는데 기분이 너무 울적해졌다. 변비여서 다행이라는 생각이 들었다. 그것까지 하면 나를 참을 수 없는 존재로 여길 것 같아서.

그렇게 지내던 어느 날 남편이 갑자기 "나 휴가받을 수 있는데, 혼자 여행 가면 안 되겠지?"라고 물었다. 가슴이 쿵 하고 내려앉았다. 이런 나를 두고 놀러 갈 생각을 하다니, 당황스러웠지만 물어본 이상 가지 말라고 하면 안 될 것 같았다. 나는 아주 당연하다는 듯 밝은 목소리로 "그럼, 물론이지. 자기도 지금까지 고생했으니까 여행 다녀올 자격 있어!"라고 답했다. 남편은 몇 번이나 정말 가도 되냐고 다시 물어봤다. 다시 물어보나마나 갈 거면서 형식적인 문답은 왜 하나 싶어 잠시 감정이 상했다. 그는 그렇게 겨우겨우 지내는 나를 덩그러니 놓고 해외여행을 갔다. 내가 그의 입장이라도 숨통이 트일 것 같았다.

어차피 보낼 거면 생색이라도 내야겠다고 생각했다. 물어보긴 했지만 가겠다는 것과 다름없는 선언이었는데, 붙잡아서 좋을 게 하나도 없을 듯했다. 좌절된 욕망이 뿜어내는 어두운 파장을 어떻게 견딜 것이며, 아닌 척해도 이후 냉담해질 분위기를 어떻게 수습하겠는가. 나로서는 아주 빠르게 수긍하고 허락하는 제스처를 취하는 것이 이득이라는 판단이 들었다. "내가 이렇게 힘든데도 자기의 놀 권리를 인정해줬잖아. 난 부부가 힘든 상황을 항상 함께 짊어져야 한다고 생각하지 않아. 때로는 한 사람이라도쉴 기회를 얻는 것도 좋은 거 같아. 그러니까 내가 나중에 여행을가겠다고 하면 자기도 기꺼이 받아들여야 해. 어떠한 상황에서라도!" 하고 다짐을 받아두었다.

그러나 어떠한 생색도, 영리한 판단도 상실감은 메울 수 없었다. 남편이 여행을 가고 늘 함께 있던 저녁 시간의 빈자리는 컸다. 몸과 생활의 불편함도 불편함이었지만, 마음의 허전함이 그렇게클 줄 몰랐다. 남편은 내가 궁금해할까 봐 실시간으로 카카오톡에 여행 사진을 올렸다. 부엌에서 혼자 밥을 차려 먹고 있을 때 메시지가 왔다는 알람이 울렸다.

그는 찬란하고 뜨거운 휴양지의 태양 아래에서 신난 표정으로 찍은 셀카를 보냈다. 내가 바라보는 창밖으로는 눈부시게 아름다운 노을이 지고 있었다. 우리의 시차만큼 다르게 보이는 풍경이었다. 하늘은 보라와 분홍빛으로 물들어 발광하고 있었다. 초현실적으로 아름다운 모습으로. 저렇게 소름 끼칠 정도로 아름답다가 점차 빛을 잃어가는구나. 시차만큼 먼 마음의 거리가 느껴졌다. 해가 질 때까지 밖을 바라보며 어처구니없는 슬픔에 빠져들었다. 돌보는 사람이 내 곁을 지키려면 이런 분리와 상실감을 경험해야 하는 걸까.

다정함도 지치는 일이었고, 돌봄에도 휴식이 필요했다. 그러나 당연한 그 시간을 내어주는 것은, 현명하면서도 가슴 아픈 일이었다.

공감을 강요하는 순간
일어나는 일들

돌이켜보면 나는 아프다는 사실 때문에 더 아파했다. 스스로를 향한 연민이 너무 커서 고통의 크기를 뛰어넘는 좌절감에 함몰되었다. 세상에서 나만 다르고, 나만 더 특별히 불행하다는 생각에 자주 휩싸였다. 누군가는 이 고통과 고립감을 알아주었으면 하는 갈망으로 타들어 가는 것 같았다. 다른 사람과 특별한 관계를 맺는다면, 그런 관계에서 고통을 극복할 에너지를 얻을 수 있지 않을까. 고통을 나눌 독점적인 우정을 꿈꿨고, 그 친구에게 내 모든 것을 드러내고 온전히 이해받고 싶었다.

임신과 출산 이후 점점 심해지는 통증과 이로 인한 생활의 제한, 수술 실패 이후 재활 기간에 느껴야 했던 고립감, 나를 가두고 있는 것들에 대한 답답함을 하소연하고 싶었다. 그러나 주변의 친구들은 내가 단지 견디는 삶을 사는 동안 인생에서 좀 더 고민해볼 만한 것들을 붙잡고 씨름하고 있었다. 학업을 더 이어나가는 문제, 직장에서의 갈등, 육아와 교육, 주거 문제, 투자로 이어지는 고민들을 듣노라면 내 이야기를 쏟아냈다가도 다시 주워 담고 싶을 만큼 민망했다. 나도 그들이 걱정하는 문제를 같이 고민하고 싶다는 생각이 절로 들었다. (내가 봤을 때) 인생을 건강하게 잘 살고 있는 친구들과 함께 있으면, 나 혼자 다른 차원에서 살면서 그들은 이해하지 못할 외계어로 이야기하는 기분이었다. 타인의 고민을 질투하다니 너무 비참했다.

친구들과 대화를 나눌 때는 분위기에 맞는 고통의 카드를 선택적으로 꺼내 제시하곤 했다. 외롭고 싶지 않아서 내게는 부차적인 문젯거리를 일부러 꺼내어 크게 부풀려 남들과 발을 맞추려고 했다. 대화에는 시댁, 남편, 아이 교육과 같은 공통의 주제들을 골라 꺼내놓았다. 그렇다고 해서 없는 말을 지어내지는 않았지만, 확실한 건 그 주제들이 내 마음속에서 차지하는 비중은 크지 않았다는 점이다. 내가 소통하고 싶은 주제보다는 남들과 어울려 할 수 있는 말을 찾았고, 나의 필요보다는 그들의 주제를 중심으로 생각하고 맞췄다. 남한테 일방적으로 맞추다 보니 과장하게 되고 과장하다 보니 별것 아닌 일에도 예민하게 반응했다. 감사를 모르는 불만투성이가 되어버린 나를 발견할 때면, 스스로 초라하게 느껴지고 수치심이 들었다.

친구를 놓치고 싶지 않아서 억지로 쏟아낸 부차적인 고통이 오히려 그들을 질리게 만들었다. 어떤 친구와는 서서히 멀어졌고, 어떤 친구와는 급작스럽게 관계가 종결되었다. 가면을 쓰고라도 함께 있고 싶던 사람들로부터 존재를 부정당한다고 생각하면 마음이 쓰렸고 한편으론 억울했다. 그들의 고민을 들어주고, 나도 비슷하게 주제를 맞추려고 한 건데 뭐가 잘못되었을까? 그들도 같이 들어주면 안 되는 거였나?

그러면서 나와 비슷한 상황에 놓여 있거나 지금 느끼는 고통을 공유할 수 있는 사람을 찾으려고 했다. 긍정적이고 밝은 사람 곁에서는 내가 너무 초라해졌고, 서로 나눌 이야기도 없다고 느껴졌다. 고통받고 있는 사람이어야 고통을 공유하며 특별한 우정을 구축할 수 있지 않을까. 그런 사람이 편하지 않을까. 서로의 아픔을 발견하면 못난 구석을 외면하지 않고 품어주지 않을까.

환우회를 다녀온 후 신경과 진료실에서 의사 선생님께, "선생님, 저보다 상태가 더 좋지 않으신 분들도 많은데, 저는 왜 이렇게 힘들까요. 제가 이렇게 힘들어도 되는 건가요?"라고 물었다. 나도 모르게 그냥 튀어나온 질문이었다. 의사 선생님은 아주 잠깐

멈칫하다가 바로 대답하셨다. "지금 환자분 같은 상태가 가장 힘들어요. 포기해야 할 것들이 많으니까요." '포기해야 할 것들'이라는 표현에 나는 무너져내리고 말았다. 품위를 지키려고 애써 꼿꼿이 섰던 다리에 힘이 풀려서 주저앉았고 '이제 될 대로 되라' 하고 마음을 놓아버렸다. '그것 봐. 내가 가장 힘들다잖아.' 고통을 공유하며 마음을 나누기에는 고통의 결이 너무나 다양했고, 스스로 갖고 있는 '나는 다른 사람들과 다르다'는 착각도 쉽게 깨지지 않았다. 고통으로 모인 자리에서조차 내심 타인의 고통을 얕잡아봤다.

나는 환우회에서도 겉돌았다. 그때는 아이가 어려서 간신히 참석한 거라 적극적으로 참여할 수도 없었고, 사람들의 공감을 끌어낼 만한 사연도 없었다. 내가 뻘쭘하게 자리만 차지하고 앉아 있는 동안 회장님이 분위기를 부드럽게 하려고 말을 걸며 돌아다니기 시작했다. 내 옆에 와서 이런저런 잡담을 나누다 다른 환자의 이야기를 꺼냈다. 나와는 유전자 유형이 다른, 더 희귀한 유형의 CMT 환자인 고등학생 여자아이의 이야기였다. 그 아이는 상태가 심해서 청력도 잃고 보행 능력이 심하게 저하되어 휠체어를 탄다고 했다. 그러면서 환우회에 와서 다른 사람들에게 원망 아닌 원망을 했다고 했다. 같은 병이라도 당신들은 상태가 훨씬 낫지 않냐고, 직업도 있고, 결혼도 하고, 아이도 낳은 사람들은 자기 고통을 모를 거라며 서럽게 울었다고.

이 이야기를 들으면서 그간 타인이 바라보았을 내 모습이 보였다. 이런 기분이었을까. 고통을 토로하는 모습을 보면서 감히 공감하기도 위로하기도 어려운 거리감이 들고, 느끼지 않아도 될 죄책감을 강요하는 것 같고, 딱히 도울 방법도 없고. 해결할 수 없는 문제를 끊임없이 반복적으로 들어야 해서 견디기 힘들고 멀리하고 싶어지는 걸까. 내가 그런 모습이었을까. 의사 선생님의 '포기해야 할 것들'이라는 표현에 면죄부를 부여받은 듯 가족과 친구들에게 더 열심히 설명하려고 했다. 무엇을 위한 설명인지 목적도 없었지만 알아만 주면, 제대로 내 마음과 공명한다면 더 바랄 것이 없다고 생각했다. 그러나 나의 호소가 남들에게 공감을 강요하고 피로감만 주는 것 같아 허탈했다. 알면서도 멈추기는 어려웠다. 고통의 중심에서 이탈하지 못하고 거기에서 허우적거리다 보면 이 습관과 같은 한탄에 브레이크를 걸기가 어렵다.

오랜 단짝 친구가 요새 살이 쪄서 고민이라고 문자를 보내왔다. 거기에 달리 할 말이 없어서 "나도 요새 그래"라고 답을 보냈고, 이상하게도 문자는 거기에서 끊겼다. 더 이어지지 않는 대화에 이게 끝일지도 모른다는 서늘한 예감이 들었다. 이 친구는 내가 자기 비하와 자기 연민의 아우성을 또다시 쏟아낼까 봐 연락을 끊어버린 것일까? 궁금했지만 더는 묻지 않았고, 10년의 우정은 그렇게 어이없는 지점에서 끝이 났다. 그 대화 자체에 의미가 있었다기보다 참고 참았던 정점을 아주 살짝 건드린 게 아닐까 싶다. 어쩌면 나는 내 목소리만 내고 있었을까? 그녀도 그녀의 이야기를 했는데 나는 전혀 듣고 있지 않았을까? 내가 얼마나 귀찮았을지 생각하면 얼굴이 화끈거린다. 다들 자신만의 상황과 사정으로 고민이 많을 텐데, 내 문제만 세상에서 가장 큰 것처럼 끊임없이 같은 소리를 반복했으니 말이다.

나는 고통을 나누고 이해받고 싶었지만 사실상 그것을 타인에게 가닿을 제대로 된 언어로 표현하지 못했다. 아픔이 있는 사람과의 소통도 어려웠다. 모두가 고통의 지옥에서 자기 목소리만 냈고, 그러다 어느 순간 서로에게 질려 하며 바닥을 드러냈다. 아픔이 있다고 해서 상대의 세계를 저절로 이해하거나 포용할 수 없었다. 내 세계가 외부로 뻗어나가지 못하고 좁은 울타리 안에만 갇혀 있었기 때문이다. 내 고통을 이해시키겠다는 욕망은 소통이 아니라 단절의 시작이었다. 나에겐 아무것도 남지 않았다. 그것은 세상을 향한 무작위적인 테러에 지나지 않았다. 내 곁을 지켰던 사람들을 외롭게 만듦으로써 내가 더 외로워졌다.

나의 그림자 친구
'걱정이'

수술을 받기 전 수술이 잘되지 않거나 회복이 느려서 거동이 원활하지 않으면 내 몸이 어떻게 변할지 두려웠다. 그리고 그 변화가 내 내면이나 외부와의 관계에 어떤 영향을 미칠지 걱정됐다. 어떻게 될까? 신체 활동을 더 못 하게 되면 살이 엄청나게 찔 텐데, 체중이 불어나면 관절에 무리가 가서 수술을 해도 통증이 다시 도지지 않을지 두려웠다. 변한 내 모습을 감당할 수 없을 것 같았다. 남편과 대화를 나누다 "내가 잘 낫지 않아서 몸을 움직이기 힘들면 살이 찌고, 몸이 무거워지면 걷기 힘들어서 더 못 움직이고… 그렇게 악순환이 거듭될 텐데 어쩌면 좋을까?" 내 걱정을 조심스럽게 말했더니, 그는 "그러면 걱정이가 되는 거지"라고 대답했다.

'걱정이'는 천명관의 소설 《고래》에서 여성 등장인물 금복이의 남자이다. 몸집이 아주 크고 우람하고 힘이 센, 동물적이고 단순한 캐릭터인 걱정이는 부둣가의 하역부였다. 걱정이라는 이름은 그가 어릴 때 먹성이 하도 좋아서 부모가 '입에 풀칠할 일이 걱정'이라고 해서 걱정이 되었다는 설과, 용모가 도적 임꺽정을 연상케 했기 때문에 걱정이 되었다는 또 다른 이야기가 있었다. 그는 타고난 건강한 몸을 잘 써서 다른 사람들보다 품삯을 많이 받았지만 하도 많이 먹어서 그날 번 돈을 먹는 데 다 쓰는 인간이었다.

금복이는 그의 곁에서 머리를 쓰며 돈을 불려주었다. 서로의 부족한 점을 채워주며 행복하게 지낼 것 같았던 둘의 관계는 걱정이가 불의의 사고를 당해 몸을 다치면서 금이 가기 시작한다. 금복이의 지극한 간호로 목발을 짚고 걸을 정도로 회복하지만, 먹고 자고 씻는 일을 모조리 금복이에게 의지하게 된 그는 그녀를 잃을까 봐 불안해한다. 처음에는 걱정이밖에 몰랐던 금복이도 그에게 지쳐갔고 그즈음 '칼잡이'라 불리는 부둣가 건달을 만나게 된다. 금복이 칼잡이의 집에 걱정이를 데리고 들어와서 셋이 사는 막장의 상황이 벌어지는데, 그 와중에도 걱정이는 생존 본능만 남은 동물처럼 꾸역꾸역 먹기만 하면서 아무런 의심 없이 그 집에서 함께 지낸다. 그러다 어느 날 금복이와 칼잡이가 잠들어 있는 장면을 보게 되고, 그녀를 위해 아무것도 해줄 수 없는 자신의 상태를 비관하면서 바다로 뛰어든다.

소설 《고래》를 읽고 너무 재미있어서, 남편에게도 읽으라고 추천했다. 같이 대화를 나눌 소재와 취미 활동으로 생각했던 독서를 어떻게 이렇게 잔인한 알레고리를 던지는 미끼로 사용한단 말인가? 화가 나기보다는 사실은 두렵고 불안했다. 결국 내가 쓸모없어지면 방치되고 학대당하게 될까? 깊은 뜻을 담아 한 말은 아니겠지만, 그저 재미있자고 던진 말 한마디에 나는 정신이 번쩍 들었다.

남편과 결혼하고 아이를 낳아 키우면서 효율을 추구했던 모든 선택들이 나의 독립적인 생존을 불가능하게 했다는 사실과, 걱정이의 불행이 단지 사고 그 자체가 아니라 생존을 위한 다른 능력의 부재에 있었다는 것이 병치되면서 공통점들이 보이는 것 같았다. 수술 이후에도 걱정이의 이미지가 사라지지 않고 내내 맴돌았다. 육체적 능력과 매력을 잃는 상실감을 견디지 못하고 무력했던 모습에서 나의 현재가 보였다. 걱정이는 열심히 몸을 쓰고 하루 벌어 하루를 살면서 내일은 걱정하지 않던 사람이었다. 금복이는 그 단순함을 사랑했고, 단순함은 사랑과 동시에 파

멸의 시작점이었다. 나도, 너무나 단순하게 가정에만 충실했다.

몸이 다시 정상으로 돌아오기까지 1년 남짓한 기간 동안 '걱정이'는 나의 그림자 친구였다. 무력해서 먹자마자 드러눕고 싶어질 때면 걱정이의 모습이 환영처럼 앞에 나타났다. 방에 틀어박혀 먹는 낙으로만 지내던 걱정이는 어느 순간 카프카의《변신》속 주인공처럼 거대한 밥벌레의 이미지로 그려진다. "평생을 하역부로 일하던 걱정이가 마지막으로 나르게 된 짐은 자신의 몸뚱이였다." 책 속 표현이 너무도 시각적으로 생생하게 다가와서 강박적으로 몸을 관리하기 시작했다. 철저하게 식단을 통제하고, 움직일 수 있는 한 최대한 많이 움직여서 몸을 굳지 않게 만들려고 했다. 통증이 심해 보조기구의 도움을 받아도 걷는 것이 힘들었지만 집에서라도 열심히 걷기 운동을 했다. 하지만 생각만큼 좋아지지 않아 걱정이 많았다. 영원히 나아지지 않을까 봐 불안했지만 그 불안을 에너지 삼아서 아주 제한적인 환경과 조건에서나마 열심히 움직였다. 틈만 나면 목발을 짚고 거실을 몇 바퀴씩 돌고, 할 수 있는 집안일을 무리해서라도 하며 운동을 대신했다.

가족들은 어딘지 모르게 답답하고 무거운 분위기 속에서도 평화로운 상태를 유지하려고 애썼기 때문에 내가 느끼는 불안함은 스스로 해결해야 했다. 나 자신의 생존을 위해서라도 부정적인 감정에 침잠하고만 있을 수 없었다. 그리고 엄마로서 아이의 마음도 잘 보살펴야 할 때였다. 나는 장애와 비장애의 경계에서 내 정체성만 생각했지만, 가족들은 언제 나을지 모르고, 점점 돌봄의 강도가 가중되는 식구와 살아간다는 것에 대해서 생각했을 것이다.

아이 또한 엄마가 갑자기 몸이 불편해진 상황에 힘들어하고 혼란스러워했다. 그때 아이는 나 때문에 외출을 할 수가 없어서 집에 거의 갇혀 지내야 했다. 항상 옆에 붙어서 엄마를 도와야 하는 상황은 어린아이에게도 무거운 짐이었을 것이다. 집에 같이 있다는 이유로 초등학생이었던 아이가 나의 요구를 채워주어야 했다. 하루는 아이가 "엄마가 내 엄마가 아니었으면 좋겠어요." 하고 울음을 터트렸다. 저 어린 것이 말도 못 하고 꾹꾹 참다가 지쳤구나 싶어서 안쓰럽고 속상했다. 무력한 내가 비참해서 견딜 수가 없었다.

나는 걱정만 끼치는 걱정이가 되고 싶지 않았다. 아직은 내가 아이를 위해 해야 할 역할이 있었다. 절실한 마음에 누워서 발가락을 움직이는 운동부터 시작했다. 영화 〈킬빌〉에서 우마 서먼이 오랜 의식불명 상태에서 깼을 때에 몸이 움직이지 않자 몸의 특정 부위를 보면서 그 움직임을 매번 의식하면서 훈련하는 장면이 나온다. 엄지발가락을 보며, '엄지발가락아 너는 움직인다.' 이렇게 주문을 외우면서 말이다. 의식하지 않고 기계적으로 몸을 움직이는 것보다 온 감각을 동원하는 운동이 효과적이라는 것을 보여주는 장면이었다. 나는 잘 움직이지 않는 발가락들을 하나하나 의식하면서 몇 시간을 위아래 좌우 마음속으로 움직임을 되뇌면서 운동했다. 발가락이 움직이기 시작하면 발목으로, 발목이 움직이면 들리지 않는 종아리를 떠올리면서 근육 어딘가에 힘을 준다고 생각했다. 운동을 하는 와중에도 너무 아픈 나머지 몸이 감당을 못 해서 갑자기 잠들어버릴 때도 있었다.

이런 노력이 언제까지 가능할까? 확실한 약속이나 예측 없이 꾸준한 노력을 기울이는 게 가능할까? 이런 지난한 과정과 미미한 효과를 견뎌야 하는 하루하루가 막막했다. 재수술을 받으면 마법처럼 다시 태어날 수 있을까? 통증이 없는 삶을 정말 찾을 수 있을까? 의학적인 견해나 주변의 지원에 기대어 위안을 찾기는 어려웠다. 시간이 흐르면서 신뢰라는 감정 자체가 흐려졌기 때문이다. 그 시기를 효과적으로 견디게 해준 것은 '걱정이'의 환영이었다. 사랑을 믿고 내 모든 걸 맡겨버리면 안 될 것 같다는 생각, 뭐라도 내 역할을 해야 한다는 강박으로 버텼다. 다시 보조기 없이 걷지 못하는 삶으로 돌아가지 못한다고 해도 스스로 만족하는 내 모습으로 남은 생을 살고 싶었기에….

고통의 결*을
버티게 하는 힘

할아버지는 치매 초기의 할머니를 돌보시
다가 92세에 돌아가셨다. 할아버지가 갑자기 쓰러지셨다는 연락
을 받고 바로 응급실로 모셨지만 30분 만에 사망하셨다고 한다.
부모님이 장례 준비를 하는 동안 나는 할머니 곁을 지켰다. 돌아
가신 할아버지 댁은 정리가 잘 되어 있었다. 돌아가셨다는 게 실
감이 나지 않았다. 할아버지의 손길이 닿은 살림살이들은 제자리
에 놓여 있었고, 놀랍게도 싱크대에 컵 하나도 놓여 있지 않았다.

✦ 엄기호의 《고통은 나눌 수 있는가》(나무연필, 2019)에서
'결'이라고 부르는 친밀성을 의미하는 표현에 주목하여 사
용했다.

전날 저녁을 손수 차려서 할머니와 같이 드시고 설거지까지 깨끗하게 하고 돌아가신 할아버지의 지독한 성실함은 존경스러울 정도였다.

할아버지의 사망을 알렸을 때 할머니는 세상이 무너진 것처럼 털썩 주저앉았다. 그러나 곧 돌아가셨다는 사실 자체를 잊고 말았다. 할머니는 문득 이상한 느낌에 사로잡힌 것처럼 할아버지는 어디 있냐고, 네가 왜 여기 있냐고 물어보셨지만 또 금세 잊고 멍하니 누워버렸다. 단 하루만 할머니 곁을 지켰을 뿐인데도 식사를 챙기는 일이 너무 힘들었다. 내가 만든 음식이 입에 맞지 않으셨는지 한두 숟갈 뜨고는 배가 고프지 않다며 밥상을 물리셨다. 그러고는 한 30분 지나면 배가 고프다며 다시 차려달라고 하셨다. 그날 여덟 번의 식사를 차려야 했다.

도대체 할아버지는 이런 할머니를 어떻게 돌보셨을까? 할아버지는 고통의 곁을 지키신 분일까, 아니면 고통 그 자체에 빠져 계셨던 것일까? 워낙 자기 관리에 철저하시고 약한 모습을 보이는 걸 싫어하셨다. 아파도 아프다는 말씀 한번을 하지 않으셨다. 할머니를 돌보고 한계에 이를 때에도 참고 또 참으셨을 게 느껴졌다. 할아버지가 돌아가셨을 때엔 나도 오래 지속된 통증으로 몸과 마음이 무너져내릴 때였다.

할아버지를 떠올리면서 고통의 곁에 대해 생각해보았다. 내가 생각하는 고통의 곁이란 넓게는 고통받는 사람의 옆에서 지지하고 지원해주는 사람, 가족과 친구 등 가깝게 지내며 마음을 나누는 사람을 의미하고, 좁게는 돌봄을 담당하는 사람이다. 할아버지는 고통의 최전선에서 돌봄을 담당하셨다. 당신도 연로하셔서 돌봄이 필요했을 텐데 그 와중에 할머니를 챙기셨다. 세상에 고통 없는 사람이 어디 있겠는가. 고통이 덜한 사람이 더 고통받는 사람을 보살피며 살아가고, 고통의 곁을 지키는 사람도 자신의 고통으로 힘들어한다.

수술 후 극심한 통증과 불안에 시달릴 때도 다행히 존엄을 잃을 정도의 부정적인 감정을 느낀 건 찰나였다. 가장 힘들 때는 간병인이 곁을 지켜주었고, 정신적으로 힘들었지만 감당할 수준이었다. 그럼에도 내 곁을 지키는 데는 여러 사람이 필요했다. 돌봄을 나눴어도 가족들은 지쳐서 휴식을 취하고 싶어 했다. 가족들도 독립된 생활이 있었고, 나를 돌보는 일 말고도 각자의 생활에서 몰두하거나 헌신하는 일들이 있었다. 돌봄과 개인의 삶이 겹치면 리듬이 깨져 힘들어했다.

나는 고통의 크기가 아니라 지속적으로 나다움을 잃는 과정에 더 큰 어려움을 느꼈다. 몸 상태가 변하고, 조금씩 불편함이 더해지고 통증의 강도가 심해질 때의 소외감과 고립감은 더 괴로웠다. 찬물부터 서서히 덥힌 물의 온도는 언제부터 치명적인지 알기 어렵다. 나는 내 문제에만 함몰되어 곁을 지키는 이들을 괴롭히고 있다는 사실도 인식하지 못했다. 내 고통을 이해해달라는 외침은 지겹고도 시끄러운 아우성이 되어버렸다. 계속 몰아붙이면 결국 견디지 못하고 떨어져나가는 순간이 오고야 만다. 돌보는 일 또한 그렇다. 기꺼이 하던 사람도 어느 순간에 갑자기 견딜 수 없어지는지 예측하지 못한다.

고통을 겪는 당사자는 주변을 제대로 보기가 어렵다. 끊임없이 자신의 문제를 토로하고 좁은 세계 안에 갇힌다. 나도 정답을 알지만 '지금은' 너무 힘들어서 해결하지 못한다는 생각은 착각에 가깝다. 고통의 한가운데 있을 때는 사실 정답을 볼 수가 없다. 곁에서 지켜보는 사람은 상황이 조금만 나아지면 괜찮아질 거라고 생각하지만 고통과의 관계는 중독과 같다. 쳇바퀴처럼 굴러가는 사고의 방향을 벗어나지 못하고 고통의 곁을 지키는 사람을 붙잡고 같이 나락으로 떨어진다. 물에 빠진 사람을 구하려고 할 때의 문제와 비슷하다. 훈련을 받아본 사람과 그렇지 않은 사람은 물에 빠진 사람을 구할 때 대처하는 방식이 다르다. 고통을 다루는 방법을 모르는 사람은 허우적거리면서 구하려는 사람을 같이 위험에 빠뜨린다.

아이러니하게도 함께 나락으로 빠질지도 모를 고통의 곁은 강한 사람이 아니라 상대적 약자가 지키는 경우가 많다. 가족 중에 경제적 능력이 가장 떨어지는 사람, 잉여 노동력으로 취급받는 주부, 노동의 가치를 충분히 인정받지 못하는 계약직 직원, 아들보다 딸… 그리고 가장 마음이 여리고 따뜻하다는 이유로 가장 힘든 일을 맡게 되는 사람들. 그러니 돌보는 사람 또한 큰 고통을 겪고 있다는 사실을 잊어서는 안 된다.

할아버지가 돌아가신 후 할머니를 돌보는 건 엄마 몫이 되었다. 날이 갈수록 상태가 심각해지는 할머니를 돌보면서 엄마는 점점 고통을 호소했다. 너무 힘든 나머지 할머니를 탓하기도 했다. 음식을 먹고는 반찬 그릇을 그냥 놔둔다고, 조금만 신경 쓰면 치울 수 있을 텐데 그조차 하지 않는다며 할머니의 '의지박약'을 비난했다. 엄마는 그게 치매 증상임을 알면서도 돌봄 노동의 강도에 압도당해 버거워했다. 대소변을 가리지 못하면서 기저귀를 채우면 벗어버리는 상황에 이르러서는 엄마의 멘탈도 무너져내렸다. 그러면서도 딸로서 엄마를 돌보지 못한다는 죄책감에 시달려 감히 외부의 도움을 구할 생각을 하지 못했다. 사랑과 돌봄에도 한계가 있다는 걸 여러 차례 반복하며 설득하고서야 할머니를 요양원에 맡길 수 있었다.

돌봄을 맡은 사람은 때로 돌봄을 받는 사람이 느끼는 고통의 심연에 같이 빨려 들어간다. 고통에 처한 사람이 누군가를 보살피고 지키기란 거의 불가능하다. 그러니 주변에 돌봄을 맡은 사람이 있다면, 종종 힘들어하고 때로 미흡한 모습을 보이더라도 탓하고 지적하기보다는 따뜻한 마음으로 포용하고 부족한 점은 도와주길. 돕지 못하면 돌봄의 애환을 들어주기라도 하자. 특히 고통을 당장 해결하거나 극복할 방법이 보이지 않는다면, 곁에 있는 사람은 끝이 보이지 않는 미래에 질식할 것 같은 기분에 사로잡힌다. 이때 돌봄을 받는 이가 돌봄을 맡은 사람에게도 그만의 인생이 있다는 것을 인식하고 존중해주면, 서로의 곁을 지키는 데 큰 힘이 되어줄 것이다.

몸은
상처를 기억한다

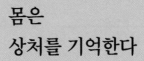

뜻밖의 사과

　　　　　　　　　　　"그동안 많이 고생하게 해서 미안합니다."

　의사 선생님이 불쑥 꺼낸 말에 정신이 얼얼했다. 물에 동동 뜬 작은 부유물을 살짝 떠서 뭍에 건져놓은 것처럼 미안하다는 말이 살포시 내 앞에 놓였다. 엇, 지금 무슨 일이 일어난 거지? 내가 사과를 받은 건가? 준비되지 않은 순간에 갑자기 듣게 된 말이라 실감이 나지 않았다.

　퇴원 후 첫 외래 진료를 받으러 갔을 때였다. 그날도 이전의 진료와 다름없이 진행되었다. 의사 선생님은 요즘 상태는 어떤지 묻고, 엑스레이 사진을 보면서 수술이 잘되었다며 이러저러한 설명을 덧붙였다. 익숙해진 회진과 진료의 패턴은 자주 듣는 음악의 멜로디 같았다. 나는 그 시간에 집중하지 않고 흘려듣고 있었다. 다른 점이라면 수술 후 수개월간 아프다고 호소했다가 이제는 편안하다고 말했다는 것뿐. 아프지 않다는 나의 대답을 듣고 의사 선생님은 주저하거나 머뭇거리지도 않고 곧바로 사과의 말을 건넸다.

느슨하게 긴장을 풀고 있을 때 갑자기 들은 사과에 당혹스러워서 의사 선생님의 얼굴을 빤히 쳐다보았다. 서로 눈이 마주쳤지만 시선을 피하지 않았다. 진심인지 아닌지 눈을 봐야 알 수 있을 것 같았다. 그날, 진료실에서 오고 간 다른 모든 대화는 배경으로 밀려나고 미안하다는 말만 완벽하게 분리가 되었다. 그 말을 전할 때의 침착하고 무심했던 표정과 어조가 가슴에 또렷하게 새겨졌다.

내가 사과를 받고 싶었던가? 솔직히 많이 원망했고, 수술과 회복 과정을 끊임없이 복기하면서 의사 선생님이 다른 방식으로 문제에 접근했더라면 내 고통을 덜 방법이 있지 않았을까 생각하기도 했다. 두렵고 초조해서 내가 한 질문들에 의사 선생님이 했던 대답을 마음에 품고 수십 번씩 그 의미를 되새김질했다. 내가 상황을 이해하지 못해서 잘못된 선택을 한 것인가? 아니면 잘 이끌지 못한 의사의 잘못인가? 그러다 나중엔 인간이 완벽하지 못하기 때문에 겪을 수 있는 일반적인 실수나 불운이라고 생각했다. 그럼에도 불구하고 진정성 있는 사과를 받고 싶었다. 막상 듣고 나니 내가 원했던 사과가 이런 것이었는지, 이 말이면 충분한 것인지 혼란스러웠다. 어떤 사과를 받았어야 내 마음에 충족이 됐을까? 허전함과 허망함에 여러 생각들이 한순간에 밀려오면서 지난했던 회복의 과정이 주마등처럼 스쳤다.

첫 수술 후 1년간, 수술 전보다 몸이 더 아픈 상황을 이해하기 위해 끊임없이 분투했다. 그러나 전문적인 지식과 경험으로 쌓인 정보가 있어야 올바른 결정을 내리고 예후도 평가할 수 있는 것이다. 나는 전망적인 식견을 가지고 있지 않았던 평범한 환자였다. 내 몸의 감각을 통해서만 현재 상황을 이해할 뿐이었다. 통증의 정도와 몸 상태에 따라 내 감정도 휘둘렸다. 하루는 희망이 보였다가도 다음 날이 되면 끝날 것 같지 않은 통증에 불안했다. 앞날을 예측하기가 어려웠다. 언제까지 목발을 짚고 다녀야 하는지, 언제까지 이 통증이 계속되는지, 누구도 시원한 답을 해주지 않았다.

그래서 모든 결정이 마치 도박 같았고, 마지막 수술의 성공은 기적 같았다. 머뭇거리는 나의 마음과는 별개로 상황은 하나씩 착착 진행되었다. 다시 시작되는 검사들, 다시 잡은 수술 날짜와 입원 기간 등. 입원 예정일 일주일 전에 감기에 걸려 고열이 나는 바람에 수술을 한 달 연기했던 점만 빼면 순조로웠다. 전에 돌봐주셨던 간병인을 다시 불렀고, 낯익은 병원 직원들을 보며 익숙한 과정을 맞이할 준비를 했다. 세 번째 수술은 마지막이 될까? 확신이 서지 않아 불안했다.

다른 점이 있다면 재수술에서는 뼈를 잘라내기 때문에 버리는 대신에 인체 조직을 기증할 수 있다고 했다. 기증된 뼈는 인공뼈가 필요한 사람들을 위해 사용된다고 했다. 이 기증은 마치 미래의 나를 위한 적립 같은 느낌이 들었다. 내가 수술할 때마다 수혈을 받은 것도 다른 사람의 헌혈이 있었기에 가능했다. 내가 다시 수술받을 일이 생긴다면 다른 사람의 뼈를 받게 될 것이다. 큰 결심과 희생을 한 것은 아니지만 타인을 도울 수 있어서 기뻤다. 내 몸의 일부를 내어놓으면서 누군가를 살리는 과정에 참여했다는 생각에 왠지 뿌듯했다.

잘라낸 뼈는 검사를 해보고 쓸 수 없으면 폐기한다고 했다. 이미 몸에서 떨어져 나간 이상 아무것도 아닌 것이지만, 내 뼈와 살이 쓰레기통에 버려지는 상상을 하면 몸서리가 쳐졌다. 언젠가 과학기술을 기반으로 작업한 미술 전시를 본 적이 있다. 우주 공간에 부유하는 물질 같기도 하고, 현미경으로 들여다본 세포 같기도 한 형태의 이미지들이 색을 입고, 크게 확대되어 벽면에 걸려 있었다. 인간의 세포와 신체 조직을 활용한 작품들이라는 설명을 들었다.

작가인 헬렌 채드윅은 1996년에 병원의 시험관 수정 프로그램에서 버려진 난자를 기증받았다. 그녀는 여러 실험 도구를 이용해 난자를 실험하고 그 과정에서 채색한 세포를 포르말린에 넣은 후 사진으로 남겼다. <오팔Opal>, <성체합Monstrance>, <성운Nebula> 등의 작품에 등장하는 세포 이미지는 거대하게 확대되어 벽에 걸렸다. 마치 추상화 같은 느낌이 들었다. 그녀는 인터뷰에서 (수정처럼 반짝거리는 보석의 이미지로 제시된) 배아는 임상 과정의 부산물이 아니라 소중하고 애도해야 할 귀중한 소유물로 복원된다고 말했다. 연구에 사용되고 쉽게 버려지는 인체의 일부도 예우를 갖춰 보내는 마음 씀씀이와 특별한 미학적 시각에 감동을 받았다. 얼마 후 기증한 인체 조직이 사용 가능하다는 검사 결과를 알려주는 전화가 왔다. 내 몸에서 떨어져 나간 뼈가 작품처럼 미학적으로 아름답게 가공된 이미지는 아니지만, 버려지지 않고 타인을 도울 수 있어서 기뻤다.

얼떨결에 기증한 인체 조직과 갑작스레 받은 사과에는 비슷한 점이 있다. 바로 내가 겪은 수술과 긴 회복 과정의 서사를 완성하는 정점을 찍어주었다는 것이다. 수술과 지난했던 재활의 과정이 (적어도 내게는) 의미 있는 드라마가 되었다. 사과를 받을 때는 아주 잠깐, 시간이 멈춘 듯했다. 그동안 애써 묻어두려 했던 마음의 상태에 균열이 생기면서 어떠한 답도 할 수가 없었다. 목이 멘다거나 감정이 북받치지는 않았다. 그때 내가 느낀 것은 진정한 종결이었다. 이제는 나를 병원에서 쉽게 떼어낼 수 있을 것 같았다. 수술에 더 이상 미련을 가질 일도, 병원에서 더 할 수 있는 일도 없었다. 드디어 내가 몸에 쏟던 마음의 밀도가 옅어졌다. 그리고 그제야 주변의 풍경이 보이기 시작했다.

고통을 걷어내고서야
슬퍼할 시간도 생겼다

       통증만 사라지면 인생이 달라질 줄 알았다. 이런 기대가 있었기에 수술 이후의 지난한 재활 기간을 견딜 수 있었으리라. 신기하게도 몸은 정확히 예감했다. 첫 수술 후 불안한 느낌과 달리 재수술을 받고는 이대로 낫겠구나, 지긋지긋한 통증에서 벗어날 수 있겠구나 라는 걸 분명히 느꼈다. 휠체어를 벗어나고 목발을 떼고 내 힘으로 정확히 한 발 한 발 내딛는 순간이 인생의 전환점이 되리라는 기대를 가졌다. 그 설렘을 동력으로 삼아 재활에 매진했다. 재활 기간 겪은 통증이 나를 더 성장시킨다고 믿기도 했다. 재수술이 성공적이라면, 지난 1년의 재활 기간뿐 아니라 그 이전의 삶까지 소급해서 버리고 인생을 리셋할 수 있을 것 같았다. 무엇에라도 의미 부여를 해야 견디는 시간이 덜 힘들었으니까.

통증 자체는 의미가 없었다. 그것은 자연의 원리였다. 어딘가에 문제가 있으면 몸이 알아채도록 보내는 신호였다. 통증이 물리적으로 제거되면 그 신호도 함께 꺼지는 줄 알았다. 그러나 신호는 꺼지지 않고 계속해서 내게 문제가 있음을 알렸다. 통증은 오랜 기간에 걸쳐서 나와 한 덩이가 되어 떼기 힘든 관계가 되었다. 나의 생활방식, 태도, 습관, 가치관은 모두 통증을 기반으로 형성된 것이었다. 그래서인지 통증이 사라졌다고 해서 하루아침에 나 자신이 달라지지 않았다. 통증만 사라지면 삶의 의욕이 쑤욱 올라가고 이전에는 느끼지 못했던 생의 감각을 온전히 풍요롭게 느낄 줄 알았다. 그러나 사라진 기관에 환상통을 느끼는 것처럼 이제는 없어진 통증을 늘 염두에 두고 그것에 휘둘리는 자신을 발견했다.

만성적인 통증을 느꼈던 30대에는 가족들의 활동량이 엄청났다. 새로운 경험을 즐기는 남편과 에너지가 넘치는 어린아이, 이런 가족들의 요구에 맞추는 것은 쉽지 않았다. 막상 함께 나가서 즐거워하는 모습을 보면 고생이 보람되다고 느끼면서도 휴일이 오는 게 두려울 정도로 고통스러웠다. 남들은 휴일의 외출을 기다리고 기대할 때에 나는 달력의 빨간 날만 보면 초조했다. 고통을 참기 위해 감정을 억누르다 보면 행복을 느끼는 감각마저 무뎌진다. 당시 난 아프기만 한 것이 아니었다. 즐거움을 함께 느낄 수 없는 무감각함과 세상의 모든 사람들이 즐기는 것을 나만 누리지 못하고 있다는 생각으로 자주 무력해졌다. 다시는 그런 소외감을 느끼고 싶지 않았다. 더 이상 통증을 억누르는 데에만 온 신경을 집중하지 않고, 행복의 주위를 겉도는 기분으로 서성거리지 않고, 진심으로 즐기고 싶었다.

그런데 예상과는 달리 통증이 사라진 자리를 무엇으로도 쉽게 채워 넣지 못했다. 축소되었던 삶을 복구하는 일이 너무나 어렵게 느껴졌다. 여러 가지 상반된 감정이 올라왔다. 통증이 없는 몸으로 할 수 있는 많은 것들을 누리며 살자는 기대감과 정확히 무엇을 해야 할지 모르겠는 막막함을 동시에 느꼈다. 또 한편으로는 이전의 삶에 대한 억울함도 가슴을 치고 들어섰다. 좋을 수 있었던 시절을 제대로 누려보지 못한 한이라고 해야 할까. 힘들었던 과거가 자꾸만 떠올랐다. 인생을 리셋하고 싶었는데, 통증과 결합된 기억들은 현재의 상황과 중첩이 되어 과거의 망령처럼 나를 잡아끌었다. 나 자신도 이해할 수 없는 상황이었다.

통증이 없는 한 걸음 한 걸음은 거의 20년 만에 처음이었다. 이런 것이구나, 다른 사람들은 이런 기분으로 청춘을 보냈구나,

이렇게 무적의 존재가 된 기분으로. 20대보다 근육 손상이 진행되었음에도 불구하고 30대 후반, 수술을 받은 이후의 보행이 훨씬 편했다. 이렇게 나아질 수 있는데 왜 진작 수술을 받지 않았을까? 한데 나아진 지금은 왜 제대로 누리지 못하고 있는가? 지난날을 곱씹고 후회하고 안타까워하는 마음을 다 뒤로 밀어두고 앞으로 나아가고 싶었다.

그러나 어리석고 덧없는 줄 알면서도 젊은 시절 내가 가지지 못했던 삶을 향한 회한이 너무나 컸다. 건강한 몸으로 산다는 것이 어떤 것인지를 어렴풋이 알게 되자 건강한 아이들과 나를 끊임없이 비교하고 질투하며 경쟁했던 과거의 내가 떠올랐다. 어처구니없는 허튼짓에 인생을 낭비했다는 처참한 기분에서 벗어나기가 힘들었다. '그러지 않았어도 되는데, 내가 가진 한계를 있는 그대로 받아들였다면 좋았을 텐데⋯.' 그런 회한은 생활을 하다가 문득문득 치고 들어오는 순간의 감정에 가까웠다. 그러나 들이치는 파도에 퇴적물이 쌓이듯이 해소되지 않았던 감정의 잔재들이 켜켜이 쌓여갔다. 아니, 쌓인 것을 뒤늦게 알아챘다.

아마도 살 만하니까 내 감정을 들여다볼 여유가 생겼는지 모르겠다. 전에는 우울할 틈도 없이 삶에 치였다. 오늘의 차량 이동거리, 도보 이동거리, 혹시라도 들지 모를 짐, 나의 체중, 편한 신발, 보폭을 방해하지 않을 바지의 품 등 온갖 세부 사항들에 온 정신을 빼앗겨서 마음을 돌보기 어려웠다. 고통을 걷어내고서야 슬퍼할 시간이 생겼다. 우울의 그림자는 그토록 갈망하던 통증이 없는 몸을 얻었을 때에야 드리웠다. 수술은 몸의 일부를 고쳐준 것이지 내 인생을 고쳐주지는 못했다. 몸의 재활만큼 마음의 재활도 필요했다.

통증이 사라진 뒤 마주한 삶의 한계

통증이 사라진 후 모든 것은 그냥 제자리에 있었고, 내 삶은 하나도 변하지 않았다. 이제 와서 무엇을 할 수 있단 말인가. 오랜 무기력에 빠져 있는 동안, 내가 하고 싶은 것이 무엇인지도 알 수가 없었다. 변하려면 내가 나서서 무엇인가를 해야 했지만, 나는 그대로 멈춰버렸다. 삶의 리셋 버튼이 있다면 누르고 싶었지만, 막상 눈앞에 버튼이 있다 하더라도 주저했을 것이다. 결과만 놓고 보면 회복 전과 후는 분명 극적인 전환이었지만, 몸은 서서히 회복되는 과정에 있었고, 그 과정은 일상으로 흡수되었다. 몸은 휠체어나 목발에 의지하지 않아도 되는 몸으로 돌아왔지만, 매일매일은 똑같은 나날의 연속이었다. 더 이상 통증을 느끼지 않아도 나는 여전히 불편한 몸에 갇혀 있었다.

의욕이 생기지 않아서 당황스러웠다. 낫기만 하면 무엇이든 할 것만 같았는데, 새로운 걸 배우거나 도전하기는커녕 아주 작은 흥밋거리조차 찾을 수 없었다. 힘들고 우울하다고 하소연하면 주변에서는 뭔가 배워보라는 충고를 했지만 배우고 싶은 게 아무것도 없었다. 평범한 사람들의 삶을 보면서 부러워했던 것들, 나도 아프지만 않으면 저런 일도 해볼 텐데 하고 생각했던 일들, 심지어 소소한 취미 생활마저 시도하고 싶은 마음이 전혀 들지 않았다. 통증에 시달릴 때에는 해야 할 일들에 우선순위를 매겨서 중요한 일들만 챙겼다. 늘 포기하고 미뤄야 했던 '덜 중요한' 일들을 해낼 여분의 에너지가 생겼는데, 왜 이럴까? 왜 이렇게 한 발짝도 떼고 싶지 않을까?

대학생 때 취미로 베이킹을 했던 적이 있다. 책을 여러 권 쌓아놓고 연구하면서 매일매일 몇 판씩의 케이크와 파이, 빵을 만들었다. 친구들이 결혼하고 아이를 낳아 아이에게 좋은 재료로 만든 간식을 먹이겠다고 막 베이킹을 시작할 무렵에, 나는 이미 베이킹에 능숙했지만 몸이 아파서 다시 시도할 엄두를 내지 못했다. 장을 보고 식사 준비를 하는 기본적인 일이 내게는 중노동과 같은 강도였기 때문이다. 해야 할 필수적인 노동의 리스트 외에

취미로라도 다른 걸 더 하면 컨디션을 조절할 수 없었고 그 여파가 며칠을 갔다. 그래서 더 이상 부가적인 노동을 추가할 여력이 없었다. 그땐 몸만 아프지 않으면 정말 멋진 케이크를 만들 수 있을 텐데 하며 아쉬워했다. 그런데 막상 통증이 사라진 후에는 할 수 있음에도 불구하고 하고 싶은 마음이 하나도 들지 않았다. 오히려 집에 있던 오븐을 들어내고 그 자리에 수납장을 짜서 아예 막아버렸다. 도대체 내가 무엇을 원했고, 원하고 있는지 전혀 알 수가 없었다.

베이킹은 하나의 상징적인 예일 뿐이다. 결국 방향성의 문제였다. 베이킹을 배울 무렵에는 그걸 직업으로 삼고 싶다는 생각이 있어서 열정적으로 빠져들었다. 고통을 덜어냈다고 삶이 마법처럼 개선되는 것이 아니었다. 그럴듯한 스펙도 없었고, 살림에 능숙한 프로 주부도 아니었다. 그 어디에도 자부심을 느낄 만한 것이 없었다. 아프고 제한된 몸으로 이루어둔 이전의 삶이 답답하게 느껴졌는지도 모르겠다. 통증이 사라지고 무한한 가능성이 열렸는데, 환경과 정신력이 받쳐주지 못했다. 가정을 벗어나서는 무력한 존재였고, 그랬기에 존재의 불안을 느꼈다. 이렇게 살아도 될까? 몸의 고통은 사라졌지만, 마음은 안절부절 어쩔 줄을 몰랐다.

나는 이제야 겨우 젊고 건강한 몸을 가지게 되었는데, 현실은 중년을 향해 가고 있으니 그 간극을 어떻게 채워야 할지 알지 못했다. 지금이라도 뭐든 해야 할 것만 같았는데 당장은 아이를 챙기고 살림을 열심히 하는 것 외에는 도전해서 성취할 만한 일이 없는 것처럼 느껴졌다. 차곡차곡 나이를 먹으며 서서히 늙어갔다면 이렇게까지 극적인 고통을 느끼지 않았겠지만, 내 몸은 통증으로 억눌려 있다가 수술과 재활로 오히려 회춘한 듯했다.

눈앞에 펼쳐진 중년과 노년의 삶을 받아들이기 힘들었다. 내게 남은 시간들이 기대가 되기보다는 너무 무섭게 느껴졌다. 현실적으로도 통증만 사라졌을 뿐이지, 관절의 운동 범위는 제한적이고, 근력도 약하고, 몸의 변형도 지속되고 있었다. 아프지 않으면 할 수 있는 일이 많을 거라고 생각했지만 막상 동네 요가센터도 갈 수 없었다. 할 수 없는 일의 리스트는 별로 줄지 않았다.

영어 공부를 같이 하던 동네 지인 중 요가 선생님이 있었다. 그녀는 내게 힘든 일도 겪었으니 요가를 하며 몸과 마음을 다지면 어떻겠느냐고 말했다. 처음에는 자기의 경험을 나누고 싶은 좋은 의도로 시작했다. 나도 새로운 운동을 하며 일상의 루틴으로 삼으면 얼마나 좋겠는가. 그러나 내 몸 상태는 병원에 연계된 재활 치료실에서 의사의 처방을 받은 운동만 할 수 있었다. 할 수 없고 하면 안 되는 동작이 너무 많아서 병원의 매뉴얼대로만 해야 한다는 걸 그분에게 여러 번 설명했지만, 내가 운동하기 싫어서 변명을 한다는 듯한 반응을 보였다. 자신의 경험과 신념을 과신한 나머지 다른 사람이 처한 개별적이고 특수한 상황을 간과하는 듯했다. 그분의 확신은 폭력적이었고, 자신의 충고가 여러 번 거절당하자 친숙했던 태도가 급변했다.

하루는 그분과 이런저런 이야기를 나누다 램프를 사러 이케아IKEA에 가야 한다고 말했다. 운동을 하자는 권유를 거듭해서 거절했던 터라, 나를 만날 때면 내내 뾰로통해 있거나, 마음이 상한 나머지 다른 일에도 종종 어깃장을 놓을 때였다. 그때 그녀가 "이케아가 아니고 아이키아라고 발음해야 하는 거예요." 하고 지적하는 게 아닌가. 원래 스웨덴에서 '이케아'라고 하는 걸 왜 굳이 영어식으로 읽어야 한다고 고집을 부리고 지적까지 하는 걸까. 발음을 지적하고 싶었던 게 아니라 자신의 제안을 거절한 나를 감정적으로 공격하고 싶었던 거겠지.

이것이 내 변함없는 일상의 풍경이었다. 아이키아 그녀뿐 아니라 주변에서는 내가 왜 여전히 못 하는 게 그렇게 많은지 이해하지 못했다. 물어본 적도 없는데 조언을 들어야 하는 상황이, 매번 설명을 해야 하는 상황이, 그리고 매번 받는 오해가 지긋지긋했다. 통증이 사라지고 여분의 에너지가 생겨서 너무 기쁘면서도 달라진 것 없는 일상에 실망했다. 통증과 함께 버텨낸 시간들은 그동안 놓친 기회들을 의미하기도 했다. 놀랍게 달라질 것이라는 기대가 무색하게 통증으로 축소된 삶의 한계는 견고했다. '앞으로 어떻게 살아야 할까?' 늘 해왔던 질문은 공포스러운 메아리로 되돌아왔다.

노년,
좀 더 불편하고 힘든 세계

어느 날이었다, 언제인지는 정확히 기억나지 않는. 늘 비슷한 하루여서 갑작스레 절망적인 일이 생길 거라고는 전혀 예상하지 못했던 날. 변기에 앉아서 볼일을 보고 비데를 하고 휴지로 마무리하려고 했는데, 휴지를 말고 접는 과정에서 손이 제대로 움직이지 않았다. 당연하고 자연스럽게 하던 일을 갑자기 할 수 없게 되자 당혹스럽고 비참해서 눈물이 흘렀다. 지금은 움직임이 불편한 손 상태에 적응이 되어서 별 무리 없이 할 수 있지만, 너무나 사소하고, 더럽고, 초라해서 피폐했던 그날의 기억은 생생히 남았다. 나의 몸은 매일매일 조금씩 나빠지는 것이 아니라 계단을 내려가는 것처럼 어느 한순간에 쑤욱 추락한다. 나는 한순간에 늙어버린 것 같았다.

어쩌면 노년에는 이런 사건들이 그리 특별하지 않은 일상의 풍경이 될지도 모른다. 우리는 대부분 인생의 어느 순간까지는 여전히 젊다고 믿으며 그것을 지키려고 필사적으로 버틴다. 운동을 하고 식이조절을 하고 건강 보조제와 약 등을 먹으면서 관리한다. 그러나 특정 시점을 넘어서면 통제나 노력으로 지킬 수 없는 부분들을 발견하고 체념하게 된다. 삶의 주요 과제는 채우는 것이 아닌 비우는 일로 채워진다.

한때 내 또래의 사람들이 몰두하는 것들이 사치라고 느껴졌다. 남들이 더 매력적으로 보이려고 자신에게 투자하고, 더 똑똑한 아이로 키우려고 정보를 모으고, 더 부자가 되려고 재테크를 고민할 때 나는 같은 고민을 할 수가 없었다. 그저 사라지는 것을 지켜볼 뿐이었다. 잃어가는 것들을 붙잡고 싶었지만 방법이 없었다. 감각을 잃고, 근육을 잃고, 조절력을 잃어갔다. 매우 서서히 일어나는 일이고 겉으로 보이지 않았지만 분명 내게서 빠져나가고 있었다. 나는 이런 점에서 내가 빨리 늙어버렸다고 생각했다.

기능의 상실은 그저 감성적으로 슬픈 영역에만 머물지 않는다. 존재의 가장 수치스럽고 사적인 부분을 스스로 감당하지 못해서 타인의 도움을 필요로 하게 된다. 존엄을 지키기가 어려워진다. 수술을 받았을 때 나는 젊었고, 여러모로 지원해줄 가족이 있었고, 부모님도 비교적 건강하셨다. 그러나 인공관절 수술은 유통기한이 있다. 오래 버텨도 노년기에는 재수술을 받게 될 것이다. 다음번 수술에는 누가 내 곁에 있을지를 생각하면 거의 공포에 가까운 불안감에 휩싸였다. 이런 상황에 놓이면 아직까지 한국은 일반적인 사회적 지원을 기대하기 힘들다. 가족에 의존하는 것이 현실이다. 자기 혼자 먹고살기도 어려운 세상에 자식한테 도움을 구할 수 없고, 사회적 안전망이 빈약한 현실에서 노후에는 소득도 변변찮을 텐데, 누가 내 곁에 있을까? 남편?

입원 중에 남편이 잠깐 짬을 내서 들른 적이 있다. 퇴근 후라 늦은 시간에 왔고, 집에 빨리 돌아가서 아이를 봐야 했던지라 오래 있지는 않았다. 둘만의 시간을 가지라며 잠시 자리를 비웠던 간병인은 남편이 간 뒤 돌아와 호기심에 가득 찬 표정으로 이것저것 꼬치꼬치 캐물었다. "몸이 그래서 어떻게 멀쩡한 남자를 그렇게 잘 꼬셨어?" 화가 버럭 났지만 꾹 참고 별다른 대답은 하지 않았다. 그런데 거기에다 대고 간병인이 눈치도 없이 "자기가 건강해야지. 긴 병에 효자 없어"라고 대못을 박는 게 아닌가.

긴 병에 효자가 없다는 말은 돌봄 노동을 맡은 사람의 고충을 의미하기도 한다. 꼭 자식이 아니더라도, 자신의 삶을 일정 부분 포기하고 한 사람에게 매달려서 지내는 게 얼마나 힘들고 지치는 일인지 경험해본 사람들은 한결같이 입을 모아 말한다. 그들의 삶도 같이 무너지는 것 같았다고. 영화 〈아모르〉는 노년기 부부의 모습과 간병의 면면을 보여준다. 뇌졸중으로 쓰러진 아내는 남편의 지친 모습을 보면서 고통과 좌절감, 비탄에 빠져 이렇게 말한다. "왜 내가 우리를 괴롭혀야 해?"

지금은 내가 먼저 아팠으니까 돌봄을 상상하기 어렵지만 나도 언젠가 간병을 하는 입장이 될 수 있다. 그때, 나 또는 그가 '우리'를 위태롭게 하는 일이 절대 없으리라고 장담할 수 있을까. 기쁠 때나 슬플 때나 검은 머리가 파뿌리가 되도록 살라는 주례사는 얼마나 무책임하고 냉정한가. 때로는 낙관주의가 가장 차갑다. 맹목적인 낙관은 삶의 모든 디테일들을 다 지워버리고 어떤 틀 안에 들어가지 못하는 존재들은 주변부로 다 치워버린다.

노화에 대한 막연한 두려움에 빠져 힘들어하는 내게 혹자는 앞으로 어떤 일이 생길 줄 알고 미리 걱정하느냐고 말했다. 실질적인 대비책은 계획하지 않고 사념에만 빠져 허우적거리는 모습이 한심했을 수도 있다. 그러나 느끼는 것조차 표현해내지 못하면 두려움은 사라지는 게 아니라 내면의 깊은 곳에서 실체 없는 어두움으로 자라난다. 오래 억누른 감정이 화병이 되는 것처럼 말이다. 노년은 내가 멀리서 지켜보고 상상해본 풍경일 뿐이다. 그러나 노화는 차곡차곡 진행되다가 어느 순간 쑤욱 나를 좀 더 불편하고 힘든 세계로 끌고 내려갈 것이다. 두려움은 망상이 아니라 현실 인식의 파생물이다.

영화 〈아모르〉의 마지막 부분에는 아픈 아내를 먼저 떠나보낸 남편이 쓸쓸하게 빈집의 한구석에 앉아 있는 장면이 나온다. 열린 창문으로 비둘기가 들어오자, 그는 담요를 덮어 새를 날아가지 못하게 붙잡고는 조심스럽게 부둥켜안는다. 마치 죽은 아내의 영혼이 새로 환생한 것처럼 소중히 안고 오열한다. 계속 이어질 것만 같은 마지막 장면이 아린 여운을 남기며 영화가 끝난다. 아픔 없이 자유롭게 살아가라고 다시 창문 밖으로 날려주겠지.

내가 그리는 작은 희망은 그런 것이다. 최선을 다해 서로를 지키려는 노력, 그러나 사랑은 결국 남는 것이라는 발견.

몸은
상처를 기억한다

가끔 몸에 남은 수술 자국을 물끄러미 바라
본다. 검붉게 두드러졌던 상처는 진정되었지만 시선을 돌리고 무
시할 만큼 작지는 않다. 골반의 앞쪽으로 15cm, 엉덩이를 가로질
러 허벅지로 내려오는 뒤쪽의 절개 자국은 20cm, 양쪽으로 대칭
적인 이 네 개의 선은 여전히 또렷하게 몸에 새겨져 있다. 수술 자
국에 시선이 자꾸만 머무는 이유는 그 자리에 내가 웃고 울었던
시간들이 하나의 증표처럼 남아 있기 때문이다. 흉터의 사전적인
정의는 상처가 아물고 남은 자국이다. 그곳에는 손상과 치유의
역사가 함께 존재한다. 타인의 시선이 닿지 않는 몸의 은밀한 곳

에 남은 흉터는 굳이 드러내지 않으면 알 수 없는 내면의 이야기와도 같다. 또 흐릿해진 오래된 과거의 기억과 감정들이 시각화되어 되살아나는 시작점이다.

수술 후 첫 드레싱을 받으며 보게 된 내 모습은 마치 팀 버튼 감독의 애니메이션 주인공 같았다. 퀭한 눈빛을 한 큰 머리가 마른 몸 위에 덩그러니 얹혀 있었고 거기에 만화처럼 몸에 선명하게 남은 스티치가 어우러지니 흡사 '유령신부'와 비슷해 보였다. 목공예를 한 것처럼 생살에 굵직한 스테이플러 심이 촘촘히 박혀 있는 모습은 충격적이면서도 우스꽝스러웠다. 어떻게 이 꼴을 하고 있는데 살이 아프지 않은지 신기할 지경이었다. 상처가 아물면서 서류철의 스테이플러 심을 톡톡톡 빼듯 살갗 위의 이물질을 제거한 선명한 선들이 남았다. 그러나 처음 받았던 충격은 몸의 상처가 빠르게 아물어가는 과정을 지켜보며 경이로움으로 바뀌었다. 몸의 치유력을 실감하는 놀라운 경험이었다.

경험이 남긴 흔적이라고 나만의 의미와 서사를 부여해서인지 예상과 달리 흉터가 크게 거슬리지 않았다. 남들의 시선을 유난히 의식하고 스스로를 어색하게 여겼던 과거와 비교해보면 놀라운 변화였다. 평상시에는 들킬 일이 없기도 하지만 몸이 드러나는 공간에서도 사람들은 보통 남의 몸에 관심이 없거나 못 본 척하기 때문에 불편하지 않았다. 오히려 탄력을 잃고 흐물거리는 뱃살과 엉덩이가 더 신경 쓰인다. 흉터 몇 개 더 추가하고 몸이 탄탄해질 수 있다면 당연히 그 방법을 택했을 것이다. 매끄럽고 고운 피부에 긴장감 없이 흘러내리는 살과 거친 표피로 덮인 단단한 몸 중에서 택하라면 난 후자에게 더 끌린다. 전자와 후자 모두 아무리 추구해도 현실에서는 가질 수 없는 몸이라 뭐가 더 끌리는 게 무슨 의미가 있나 싶지만, 매끄럽고 흠 없는 피부가 더 비현실적인 느낌이다.

'결점이 없는 피부'의 이미지라면 앵그르의 작품이 거의 즉각적으로 떠오른다. 앵그르의 작품에는 여성들이 한결같이 비슷한 모습으로 등장한다. 특히 그가 그린 〈터키 목욕탕〉에는 백옥 같은 피부를 가진 여인들이 한 화면에 모두 모여 있다. 호화로운 직물 위에 수많은 여성들을 다양한 시선과 동작으로 표현했는데, 하나같이 도자기처럼 매끄럽고, 보들보들하고 부드러운 몸으로 나른한 자세를 취하고 있다. 이렇듯 예술 작품과 미디어에서 등장하는 몸은 아름답지만 자연스럽지가 않다. 몸은 완벽을 위해 분절화되기도 한다. 얼굴, 손, 발, 다리 등 각각의 예쁜 부분을 맡은 모델의 신체 부위가 클로즈업되어 표현된다. 결국 그 모든 요소가 완벽하게 하나로 통합된 인간은 없으며, 이 세상 어디에도 그런 결점 없는 피부를 한 사람은 없다.

화가의 붓질이나 포토샵의 에어브러시로 지워버린 상처, 완벽함을 위해 부위별로 나뉜 신체를 콜라주한 이미지는 삶의 실체적인 흔적을 지운다. 욕망의 객체가 된 몸에는 상처, 흉터, 점, 타고난 요철과 거칠거칠한 피부와 같이 살아 있는 육체가 지닌 고유성이 제거된다. 그 자리에는 인공적이고 매끈한 표면만이 남는다. 그런 매끈함은 현실적으로 추구한다고 해서 가질 수 있는 게 아니라 일종의 신기루일 뿐이다. 도대체 누구를 위해, 무엇을 위해, 상처를 지운단 말인가. 상처가 있는 몸이 현실의 몸이다. 활동하고 실수하고 다쳐서 생기는 색소침착, 급격하게 키가 크거나 살이 쪄서 생긴 튼살, 임신하고 출산한 몸에 생기는 임신선 등 상처는 우리의 몸에 나이테처럼 개인의 역사를 써 내려간 흔적이다.

몸은 마음의 상처도 함께 기억한다. 어린 시절부터 주눅 들고 고통스러웠던 시간들, 남들에게 배척당하는 억울함과 슬픔, 아무리 끼고 싶어도 내가 들어설 곳이 없던 경험과 인생의 단계들, 타인의 시선으로부터 무뎌지기까지의 지난한 시간들이 나의 몸에 새겨져 있다. 몸이라는 영토는 세상의 일부이자 내겐 온 우주이다. 내가 겪은 고통과 슬픔뿐 아니라 기쁨과 깨달음, 되고 싶은 나와 이루어지지 않은 꿈 사이에서의 좌절, 어쩌지 못하는 현실의 갈등 속에서 가까스로 타협을 본 필사적인 몸부림이 담겨 있다.

그 상처를 가로지르는 곳에 타인의 손길과 마음도 거쳐 갔다. 나를 낳아 기른 부모님의 사랑과 염려, 지지고 볶으며 서로를 지켜주는 남편의 애정과 인내, 나를 믿고 의지하는 아이의 마음, 책임감과 사명감을 가지고 뼈와 살을 가르고 치료한 의료인의 손길… 모두가 각자의 자리에서 자신의 일을 다한 증거, 혹은 그 이상의 헌신을 쏟았던 증거가 몸에 선명하게 남았다. 이렇게 몸은 나로만 존재하는 데 그치지 않고 외부로 확장되어 연결된다. 몸을 통해 내 상처가 세상과 연결되어 있음을 깨달을 때, 내 몸에 새겨지고 마음으로 기억하는 상처에 의미를 부여할 수 있다.

회복이 더디고 제 기능을 하지 못했을 때 겪었던 고생을 떠올리면, 내가 일상에서 수행하는 일들에 얼마나 절실했는지 생각난다. 걸어서 집 앞 편의점까지라도 가고 싶었던 소소한 바람, 화장실에서 혼자 볼일을 처리할 수 있을 정도만 되어도 모든 일이 다 가능할 것 같았던 기분, 발가락을 내 힘으로 까딱하고 움직였을 때 느꼈던 희망 등 묻혀 있던 기억 속 감정들이 하나하나 떠오른다. 그럴 때면 내가 얼마나 사소한 것에 예민하게 반응했는지를 뒤늦게 깨닫는다.

신체의 기능이 제한적이었기에 감정은 더 크게 증폭되었다. 슬픔도 과장되었지만 기쁨 또한 희귀하게 찾아오는 감정이라 더 크고 찬란하게 느꼈다. 주어진 생에 감사했다. 나는 그렇게 몸이 회복하는 과정에서 절박했던 순간에 느낀 감흥을 서서히 잊어갔다. 흉터는 그때의 생생한 감정, 아픔뿐 아니라 작은 일에도 기뻐

하고 감사했던 환희의 순간을 잊지 말라고 그 자리에 남아 속삭

이는 것 같다.

내 몸을 받아들이는
과정

　　　　　　　　　　사람은 자신의 얼굴을 한 번도 실제로 보지
못한다. 거울을 통해 보는 상의 이미지로만 접할 뿐이다. 타인의
눈으로 보는 나는 어떨까? 그건 평생에 걸쳐 우리를 관통하는 질
문일 것이다. 사람들은 내가 남들에게 어떤 모습으로 비칠지 알
고 싶어서 타인의 생각과 느낌을 묻고 또 묻는다. 목소리 또한 그
렇다. 다른 사람의 귀에는 공기를 통해 울리는 떨림으로 가닿지
만 자신이 듣는 목소리는 두개골 안에서 울리는 소리가 더해져서
듣는다. 자기 목소리도 녹음된 장치를 통해서만 확인할 수 있다.
내가 걷는 모습은 어떨까? 나는 사실 내가 다리를 저는지 절지 않는지 이상하게 걷는지 아닌지 전혀 모른다. 평생 그렇게 제 모습을 보지 못하기 때문에 다른 사람의 눈에 비친 자신의 모습을 의식하고 알고 싶어 한다. 나 또한 남들에게 내가 어떻게 보이는지, 그들의 눈에 비친 나를 궁금해했다. 특히 내 몸과 움직임에 대해서.

"내가 다리를 좀 절지?" 하고 물어보면, 주로 내가 말하기 전까지 알아채지 못했다고 하거나(위로나 안심시키려는 게 아니고 정말 의식하지 못할 정도로 미묘한 차이라서) 다쳐서 잠깐 불편한 것이라고 생각했다는 대답을 들었다. 보통은 물어보지 않고 미루어 짐작하는데, 딱 한 번 소아마비를 앓았는지 직접 묻는 사람이 있었다. 학교 학부모 활동을 하며 알게 된 지인은 아이를 학교에 보내고 할 수 있는 일을 소개해줬는데, 장애등록증이 있어야 하는 조건이었다. 내가 장애등록이 되어 있지 않다고 말하니 당연히 있을 거라 생각했다고 했다.

반응의 간극이 너무 커서 느낌상의 평균치를 내어 상상으로 내 모습을 그려볼 뿐이었다. 가장 믿을 만하다고 생각한 반응은 수술 직전 병원에서 겪은 일이었다. 수술 직전에 전임의 선생님이 와서 기본적인 사항들을 확인하고 갔다. 그때 질문지에 다리를 저는지 체크하는 부분이 있었는데, 내가 그렇다고 표시하자 병원 복도를 걸어보라고 시켰다. 걷는 모습을 보면서 의사 선생님은 "아아… 다리를 저는구나." 혼잣말처럼 내뱉고는 문항에 체크한 다음 갔다. 그런 정도구나. 눈여겨보지 않으면 잘 모를 정도인데 절룩거리는 건 명백하구나. 정확하지는 않아도 느낌으로 알 거 같았다.

수술 이후에는 양쪽 다리 길이가 거의 같아져서 보행이 훨씬 더 자연스러워졌다. 어색하게 터벅터벅 걷는 CMT 환자 특유의 걸음걸이는 그대로지만, 양측의 균형이 잡힌 건 큰 변화였다. 몸이 똑바로 펴지면서 키도 2～3cm나 커졌다. 그 전에는 얼마나 기울고 구부정했는지 키의 변화로 실감이 났다. 그렇게도 남들과 비슷해지기를 갈망했던 타들어 가던 마음은 어느새 식고 별 의미가 없어졌다.

여전히 불편한 점들은 사라지지 않았지만 어색한 움직임 그 자체가 편하게 받아들여졌다. 혹독했던 통증의 시간들을 통과하면서 나의 모습을 있는 그대로 받아들이게 된 것이다. 현재 내 삶, 내 생활에서 요구하는 일을 감당할 수 있는 몸의 기능이 외적으로 남들에게 비춰지는 모습보다 중요하게 느껴졌다. 비록 절룩거려도 큰 통증을 느끼지 않으면 감사했고, 근육의 힘이 약해서 쉽게 피로를 느끼기는 하지만 즐거운 마음으로 쉬엄쉬엄 여행도 다닐 수 있게 되었다. 나는 수술 이후 조금은 강해진 나의 몸에 만족했다.

한번은 다른 사람들은 나와 같은 병을 가진 사람들을 어떤 시선으로 바라보는지 궁금해서 유튜브를 찾아보았다. 한 젊은 백인 여성이 등장했다. "내가 걸을 때 사람들의 반응"이라는 내레이션과 함께 영상이 시작되었다. 그녀가 공원을 걷자 다가와 괜찮냐고 물으며 도와주려는 사람이 있었고, "저 사람 좀 봐. 술 마셨나 봐"라고 말하는 사람도 있었다. 살짝 비틀린 유머를 더한 콩트 동영상이었는데 아마도 자기가 겪은 일을 바탕으로 연출한 상황인 듯했다. 영상을 찍은 주인공은 자신을 바라보는 시선과 스스로의 모습을 가감 없이 보여주며 자신이 가진 병을 가벼운 유머로 승화시켰다. 동영상을 통해 이 병에 대한 정보를 제공하고 더 많은 이야기를 나누려는 모습이 멋져 보였다. 또 느끼고 경험한 것을 자신 안에 가둬서 어떻게든 극복하려고 애쓰기보다 순순히 드러내고 아무렇지 않게 말하는 태도도 인상 깊었다. 자신이 어떻게 보이는지에 전전긍긍하지 않고 반대로 나를 보는 타인의 시선을 비춰주는 시도 역시 신선했다.

다른 사회 구성원이 내 몸의 외양, 그리고 몸을 쓰는 방식이 자연스럽지 못하고 결함이 있다고 여기면, 그 사람은 '결함 있는 사회 성원'이라는 낙인을 내면화하여 부정적인 자아 정체성을 형성하게 된다. 나 역시 사람들이 불편한 나의 몸을 바라보며 부정적이든 긍정적이든 어떤 범주화를 한다는 것을 느낀다. 그 낙인에 지배되고 싶지 않아서 시선의 주체를 타인으로 두지 않으려고 노력한다. 스테레오 타입을 벗어나는 장애를 접하면 사람들의 반응은 다양해질 수밖에 없다. 또한 그들이 나를 이해하기 위해 존재하는 것은 아니기에 스쳐 지나가면서 오해하고 어긋나고 그 와중에 감정이 다치는 건 어쩌면 당연한 일이다.

나는 내 몸을 받아들이는 과정에 있다. 이제는 내 몸을 향한 불편한 의식을 거두고, 그저 나 자신으로 편하게 지내고 싶다. 그렇지만 몸은 조금씩 더 불편해지고, 조금씩 더 변형될 것이다. 시간이 흐를수록 적응을 하고 편해지는 것이 아니라 매번 변화를 갱신하면서 새롭게 적응해야 하는 과제에 직면하게 되겠지. 남들이 이해하기에는 조금은 드물고 어려운 병이라는 오해도 생기겠지. 그럼에도 이젠 뾰족하기보다는 둥글둥글하게, 조금 더 자유롭고 여유로운 마음으로 웃어넘기며 매끄럽게 서로를 받아들이는 매너를 갖추고 싶다.

아픈 몸과 더불어
살아가는 법

　　"일상을 멈추게 할 수 없으면 통증을 멈추게 하세요."

　'파스'라 불리는 한 일반의약품의 광고에서 흘러나온 말이다. 광고 문구는 참 대단하다. 짧은 한 문장 안에 지갑을 열게 만들 만큼 마음을 확 잡아끄는 메시지를 함축하고 있다. 제품의 정보뿐 아니라 사회의 모습을 그대로 비춰주기도 한다. 파스는 수술 전 한창 아플 때에 자주 쓰던 제품이었다. 통증의 근원적인 문제를 해결하지 못해도 뾰족뾰족 날 선 감각을 살짝 동글동글하게 진정시켜 주어 제법 쓸 만했다. 광고 문구 그대로 일상을 멈출 여유가 없어서 대신 통증을 멈추어야 했다. 아프다고 쉬엄쉬엄 느긋할 여유가 없는 현실에서 우리는 기적적으로 약발이 듣는 만병통치약을 바라게 된다.

수술 후에도 걷는 속도는 여전히 느리기 때문에 신호등의 초록불이 깜빡이면 초조해진다. 상태가 좋을 땐 빨간불에서 초록불로 바로 바뀌자마자 건너면 무사히 제 시간 안에 건널 수 있다. 초록불이 이미 켜진 걸 보면 무리하게 건너지 않고 다음 신호를 기다린다. 혼자일 때는 기다려도 괜찮다. 그러나 일행이 있으면 이런 나를 답답해하기 일쑤이다. 말로는 늦게 건너도 사고가 날 일은 없다면서도 초록불이 깜빡이면 조금만 더 서두르자며 손을 잡아끈다. 안 된다고 슬그머니 거부해도 자기 속도에 맞추라고 강요하는 사람들도 꽤 있다. 나도 전성기가 있어서 달린 적이 있었다. 100미터를 35초에 주파했던 것이 최고 속도였지만 아예 달리지 못하는 것보다, 뛰긴 뛰는데 남들만큼은 안 되는 것이 더 이해하기 어려운 법이다.

불편한 몸을 겪으면서 보이는 풍경들이 달라졌고 시야가 확장되었다. 신호등도 없는 도로를 천하무적처럼 건너는 노인들을 발견해도 눈살을 찌푸리지 않는다. 지팡이를 짚고 위태롭게 도로 가장자리를 걷거나 흐느적흐느적 느린 걸음으로 무단 횡단을 하는 노인들을 보고 이해할 수 없다는 듯 고개를 가로젓는 사람들을 여럿 봤다. '안전하게 신호등으로 건널 것이지 왜 저렇게 위험하게 다닌담?' '노인이라고 무조건 대접받으려고 하는 거 아니야?'라고 생각할 수 있지만 그저 너무 힘들고 아파서 그렇게 하는 것이다. 다리가 아픈데 신호등이 있는 곳은 너무 멀고, 또 신호등이 근처에 있더라도 초록불이 켜져 있는 시간이 터무니없이 짧아서 굳이 횡단보도까지 가야 할 의미가 없다. 무단 횡단을 하든 횡단보도로 건너든 어차피 주행하는 차와 마주해야 하는 건 마찬가지니까.

아픈 몸으로 사는 건 이런 느낌일 때가 많다. 달려오는 차들을 막아야만 내가 건너갈 수 있는 상황에서 따가운 시선을 받아야 하는 것. 세상은 내게 그런 상황쯤은 별거 아니니까 당당하고 꿋꿋해지라고 말한다. 웃으며 "파이팅!" "너는 할 수 있어!" 하고 영혼 없는 낙관론을 들이밀면 굉장히 공허하고 씁쓸하다. 남들의 속도를 맞추지 못하고 민폐를 끼치는 것이 미안해서 매번 머리를 수그리며 부탁하다 보면 인내의 한계에 도달할 때가 있다. 나의 '민폐'를 사과하며 도움을 부탁하는 일은 해도 해도 익숙해지지 않는다. 사람들은 이런 설움을 겪지 않기 위해, 가장 기본적으로는 생존을 위해, 아픈 몸을 빨리 회복하려고 한다.

그러나 낫지 않는 질병은 어떻게 안고 살아가야 할까? 삶을 계속 느리게 만드는 진행성 질환과 노화는 어떻게 생각해야 하는가? 비효율적인 몸을 가진 사람은 필요 없어진 부품처럼 교체되어야 하는 것일까? 조금만 천천히 가면 되는데 안타깝게도 사회는 느림을 받아들이지 않는다. 이런 상황에서 어떻게든 살아야 하니까 해결책이 없는 현실은 외면하고 허황된 희망을 품게 된다.

아픈 것은 자기 관리를 못해서라는 편견, 노력하면 나아질 수 있다는 착각, 건강이 유능이라고 생각하면 아픈 몸은 무능인 걸까? 누구나 아플 수 있고, 누구나 언젠가는 아플 텐데 말이다. 건강함이 기본값으로 깔린 세상에서 사람들은 기적을 원할 수밖에 없다. '보통'의 '평범'한 몸을 만들기 위해 얼마나 많은 산업이 발달했는지 모른다. 다양한 운동 시설, 운동 학원, 운동 관련 용품숍, 지도자 양성 업체, 운동 식이조절 제품과 관련 약품들…. 일반적인 소비의 영역 외에도 아프고 굼뜬 사람들은 여러 '가능성'에 돈을 지불하기 시작한다. 병원을 다니고, 검증되지 않은 약과 치료도 불사하고, 혹시 나아질지 모른다는 기대로 건강식품을 사 먹으며. 자신을 방치하는 것 같은 죄책감을 느끼기 싫어서 뭐든 해야 한다는 강박을 갖게 된다.

나도 병을 알게 된 초기에는 나아지기 위해서 최선을 다해야 한다고 생각했다. 뾰족한 방법이 없는 와중에 그나마 뭔가를 한다고 한 것이 CMT와 관련된 연구에 참여하는 것이었다. 이 연구를 통해 어떤 치료제나 다른 결과가 도출될까? 내가 사는 시대가 아니더라도 먼 미래의 다른 사람들에게는 도움이 되지 않을까? 그러나 희망을 가지고 선의로 나섰던 시도는 씁쓸함만을 남겼다. 오고 간 수고로움과 교통비, 연구에 참여하느라 버린 시간을 온전히 나만 부담했기 때문이다. 금전적인 보상을 바라지는 않았지만 심적인 보상조차 없어서 너무 당황스러웠다. 병원에 가서 하루 종일 검사를 받았는데 감사하다는 인사는커녕 이 검사가 어떤 연구에 어떻게 쓰일 것이라는 적당한 설명조차 없었다. 내가 한 행위에 스스로도 정당성을 부여할 수 없어서 그냥 하루를 내버린 기분이 들었다. 아프다는 이유만으로 내 시간과 노력을 들여가며 몸까지 재료로 내어놓는 바보가 된 기분이었다. 의학의 기적을 바랐던 대가를 치르는 것 같았다.

절실함은 종종 사람을 가장 취약하게 만든다. 가끔 신약의 개발 소식과 연구 진척 상황을 검색한다. 몇 년에 한 번씩 제약회사들의 성과 보도가 나오면 기사 제목만 봐도 가슴이 두근거린다. 처음에는 신약이 곧 나올 것 같은 보도에 희망을 걸었다. 그러나 대부분의 기사가 검증을 거치지 않고 홍보 자료만 보고 작성되었다는 사실을 알게 되었다. 경제적 효과가 크지 않으면 연구를 소홀히 하는 것이 아닐까? 그래서 장밋빛 전망이라도 제시하고 투자를 받으려는 것일까? 별별 생각을 다 해보다 치료 방법이 없다는 현실을 받아들이기 어려워 대체의학에 빠지기도 했다. 대체의

학이 무조건 나쁘다는 것은 아니다. 경제적 여건이 되고, 삶의 질을 개선할 수 있다면 한 번쯤 시도해보아도 좋다. 문제는 증명되지 않은 비정통적·보조적인 요법에 너무 많은 시간과 돈을 낭비하면 나중에는 스스로를 자책하게 된다는 것. 그래서 지금은 헛된 기적을 바라기보다는 아픈 몸으로 어우러져 살아가기를 소망한다. 느리지만 작은 성취를 이루면서 살아가는 게 인간다운 삶일 테니까.

여러 결의 아름다움을
찾아서

처음에는 병이 있는 줄도 모르고 다리가 점점 가늘어지는 변화를 보면서 예뻐졌다고 좋아했다. 나중에 알고 보니 다리가 예뻐진 것이 아니라 종아리 근육이 몇 년간 급속하게 위축되면서 시각적으로 드러난 변화였다. 내 몸이 보내는 여러 위험신호를 무시한 채 경각심도 없이 예뻐졌다고 좋아했다니 기가 차서 실소를 금할 수가 없었다. 왜 그렇게 어리석었을까. 인어공주 이야기와 다른 게 무엇인가. 인어공주는 사랑을 얻기 위해 목소리 대신 성애적인 육체(다리를 포함한 하반신)를 선택했고, 나는 근육의 힘이라는 생의 원동력을 생각하지 않고 몸의 아름다움을 우선시했다. 내가 어리석은 허영 덩어리 같았다.

지인의 친구가 유방암 수술을 받게 되었다는 이야기를 들었다. 암이 많이 진행되었고 진행 속도도 빨라서 수술을 가능한 빨리 해야 한다고 했다. 완전 절제를 해야 하는데 절제와 재건을 동시에 할 수 있는 날짜는 잡기 어렵고, 우선 절제를 하고 추후에 재건을 받으면 빨리 수술을 할 수 있다고 했다. 그런데 절제와 재건을 동시에 받기 위해 수술을 늦췄다는 것이다. 나는 이 이야기가 굉장히 충격적이었다. 비록 옳다고 생각지는 않더라도, 아름다움을 지키기 위해 목숨을 담보로 걸 만큼 진지하고 필사적인 마음의 무게를 함부로 가벼이 봐서는 안 되겠다는 생각이 들었다. 나또한 타인의 눈으로 보면 본질의 중요함을 깨닫지 못하고 표피적인 가치만을 추구했는지도 모른다. 그러나 몸은 단순히 우리의 내면을 감싸고 있는 껍질만이 아니다. 각자가 자기의 몸을 통해 스스로의 정체성을 다져나간다. 내면의 역할, 가치에만 집중한 나머지 몸의 외형과 내면이 서로 조화를 이루고 기능한다는 사실을 외면하고 싶지 않았다.

내가 만약 같은 상황에 처한다면 그렇게 쉽게 절제를 택할 수 있을까? 추후에 재건을 할 수 있다지만 몸의 변형에 충격을 받지 않을 자신이 있을까? 세상이 외모를 읽는 방식에 나만의 기준으로 당당히 맞설 수 있을까? 내가 흉터에 무심할 수 있었던 이유

중 하나는 남들이 잘 볼 수 없는 부위에 있기 때문이다. 누구도 존재를 모르니 흉터에 대해 설명할 필요가 없다. 상처를 볼 수 있는 사람은 나와 아주 가까운 사람, 이미 그 존재를 알고 있는 사람들뿐이다. 그러나 만일 외부로 드러난다면? 평가를 당하는 상황에 놓인다면 어떨까? 나는 매번 쩔쩔매며 변명을 해야 할 것이고 그때마다 마음이 쪼그라들 것이다.

에이미 멀린스라는 패럴림픽 미국 육상 국가대표 선수가 있다. 그녀는 종아리뼈가 없이 태어나 한 살에 무릎 아래를 절단했고, 그때부터 의족을 착용했다. 멀린스는 운동선수로 활동하면서 사람들에게 긍정적인 영감을 주었고 이후 명품 브랜드의 모델로도 얼굴을 알렸다. 나중에는 방송에 출연하고 상업 영화배우로 출연하며 커리어를 쌓아나갔다. 또한 여러 강연과 장애인 인식 개선을 위한 다양한 활동을 하고 있다.

나는 아티스트 매튜 바니의 작업에 등장한 그녀를 보고 호기심을 느껴 정보를 찾아보고 이후의 행보도 주목했다. 분명 그녀는 '난 사람'이다. 좋은 환경에서 태어나 어려서부터 적절한 치료와 지원을 받았지만, 본인의 피나는 노력이 아니었으면 그렇게 사람들이 환호할 만큼 멋진 커리어와 아름다운 외모를 갖추지는 못했을 것이다. 그녀를 보며 미의 다양성이 무엇인지 생각해보기도 했다. "진정한 장애는 짓눌린 영혼이라고 생각한다"는 멀린스의 말은 여러모로 큰 울림을 주었고 지금도 마음에 담아두고 있다.

그러나 세상에는 여러 결의 장애와 아픈 몸이 존재한다.《거부당한 몸》을 쓴 수전 웬델은 일반적으로 떠올리는 장애인의 범위가 매우 협소하다는 사실을 지적한다. 장애인 올림픽에 등장하는, 신체의 변형이 있지만 건강하고 역경을 이긴 영웅 장애인의 모습이 대표적인 예다. 그러나 건강하면서 신체의 일부가 결손 상태인 장애 말고도, 만성질환, 희귀질환, 암, 피로·통증 질환, 정신질환 등의 질병도 장애이다. 겉으로는 아픈 몸이 보이지 않기에 자신을 장애인으로 정체화하기도 어렵고, 그래서 혜택을 받기도 어려운 범주의 장애인도 있다.

태어나면서부터 장애를 가지고 태어난 사람과 살면서 사고와 질병으로 장애를 갖게 된 사람들이 자신의 모습을 받아들이고 적응하는 방식은 상당히 다르다. 그래서 아름다운 몸을 생각하면서 에이미 멀린스를 떠올린 것은 어떤 면에서는 위험하다. 그녀는 절단된 다리 외의 다른 신체 이미지는 여신과 같이 아름답다. 분명 세상이 원하는 또 다른 형태의 영웅이 되기에 좋은 조건을 갖추고 있다. 그렇게 특별한 존재가 아니면 평범하게 아픈 몸을 가진 사람들은 명함도 내밀지 못할 것 같은 기분이 든다.

그녀에게서 주목하고 싶은 부분은 영웅적인 의지와 여신 같은 외모가 아니라, 자신의 강점과 장점을 최대한 돋보이게 한 창의성에 있다. 무릎 아래의 다리가 없음에도 의족을 차지 않고 달리는 모습은 기존의 미적 관념을 비트는 감동을 준다. 그녀가 의족을 착용한 모습은 그리스 신화의 사티로스와 아프로디테를 섞은 것 같은 신비롭고 독특한 분위기를 풍긴다.

멀린스에게 영감을 받은 예술가 매튜 바니는 그의 영상 작업에 그녀를 반인반수의 이미지로 등장시킨다. 그의 작품에서 의족은 건강한 다리의 형태가 아니라 상상력을 더한 매혹적인 형태로 재탄생했다. 그녀가 작품 속에서 의족으로 감자를 깎는 모습은 (어디까지나 추측이지만) 영화 〈킹스맨: 시크릿 에이전트〉에서 가젤이란 캐릭터가 착용한 무기화된 의족의 모티프가 되지 않았을까 상상해본다.

멀린스는 사람들에게 새로운 영감을 준다. 그녀는 '정상성'이란 개념의 틈새로 들어가 미적 기준을 유연하게 만들었다. 나오미 울프는 "내가 아름다움을 보는 곳에서 너는 아름다움을 보지 않을 수도 있다"✦라고 말했다. 내가 가진 아름다움을 향한 갈망을 허영으로만 치부하지 않고, 그 욕망에 상상력을 더해 삶에 활기를 더하는 열정으로 바꾸고 싶다. 내가 흉터를 보고 그곳에 담긴 기억과 아픔을 떠올리면서 생의 아름다움을 발견한 것처럼,

✦ 《무엇이 아름다움을 강요하는가》, 나오미 울프 지음, 윤길순 옮김, 김영사, 2016

사회의 미적 기준에 맞지 않는 기괴하고 기묘한 형태에서도 나름의 미적 정서를 찾을 수 있다. 내가 아름다움을 발견하는 곳에서 타인은 추함을 볼 수도 있다. 타인이 찬양하는 것이 내게는 별것이 아닐 수 있듯이 아름다움은 배타적이지 않다.

아름다움은 결국
잘 살아가는 일

아마도 중학생 때였을 것이다. 어깨가 드러나는 옷을 입고 싶어서 집에서 입고 있던 내복의 목을 늘려서 오프숄더처럼 내려 입고 거울을 보고 있었다. 거울을 보며 몸을 이리저리 다른 각도로 돌리고 있는데 그 모습을 엄마에게 들켰다. 대놓고 뭐라고 하지는 않으셨지만, 걱정하는 듯한 눈빛이 따갑게 내리꽂혔다. 특별한 의도도 없고 별것도 아니라고 생각했는데 엄마의 눈빛에 담긴 그 불안함이 싫었다. 아이가 성적인 존재로 성장하는 것은 당연히 거쳐야 할 자연스러운 과정인데, 그것을 거부하고 불쾌하게 바라보는 시선에 화가 났고 변명하고 싶었다.

애당초 나는 성적인 어필을 하고 싶어서 어깨를 드러낸 것이 아니었다. 몸의 성장에는 별 관심이 없었다. 내가 예뻐 보이는 미학적인 요소에 집중했을 뿐이었다. 목의 선, 쇄골, 어깨의 라인으로 이어지는 나의 상체에는 비루했던 하체와는 다른 아름다움이 있었다.

나는 아름답고 싶었다. 몸이 불편하고 어색해 보이는 걸 상쇄할 수 있을 만큼의 힘을 가지고 싶었다. 동시에 차라리 누구의 눈에도 보이지 않도록 존재감이 없었으면 좋겠다는 지극히 상반된 감정에 시달렸다. 어느 한쪽으로만 마음이 향했다면 내적 갈등이 덜했을 텐데, 그러지 못했다. 마음은 항상 두 욕망 사이를 넘나들며 흔들렸다. 아름답다는 사회적 기준에 꼭 들어맞는 전형적인 미인의 조건을 갖추지 않았다고 생각했기에, 필연적으로 예측된 좌절을 경험하느니 존재를 지워버리고 싶었던 것 같다.

무엇이 우리에게 이토록 아름다움을 강요하는 것일까? 아름다움은 어떤 힘을 가질까? 아니, 아름답지 않으면 어떤 불이익이 있을까? 깊이 파고들지 않아도 그 답은 너무나 명백하다. 아름다운 사람에게는 좋은 기회가 더 많이 주어진다는 것, 쉽게 타인의 호감을 산다는 것, 아름다운 이들에겐 모든 일이 조금은 더 수월해 보인다는 것. 일자리를 얻거나 유지하기 위해 다이어트를 하고 화장을 해야 하는 현실이 견고한 한편, 다른 한쪽에서는 아름다움의 신화를 깨고 본연의 모습대로 자연스럽게 살자고 주장한다. 내 내면에서도 일어나는 이 상반된 갈등을 자연스럽게 통합하고 극복할 방법을 찾고 싶었다.

미로부터 해방되어 자연스럽게 살자는 주장을 펼칠 때 외적인 미 대신 올바른 가치로 내세우는 주제는 주로 건강한 육체이다. 미가 아닌 기능에 중점을 둔 선언 또한 내게는 또 다른 소외일 뿐이었다. '트렌디하다', '의식이 있다'를 어필하는 광고에는 화장기 없는, 그러면서도 결점 하나 없는 매끈한 피부의 여성이 근육질의 몸을 드러내는 장면이 나온다. 무엇이든 할 수 있을 것 같은 생명력 넘치는 육체에 반하지 않을 사람은 거의 없을 것이다. 그럴 때면 내 안의 꼬인 부분이 건드려진다. 저것도 또 다른 아름다움의 강요 아닌가. 아름다움이 갖는 가치는 시대가 달라져도 그저 조건과 평가 기준만 바뀌면서 계속되었다. 수수한 건강함과 화려한 외모는 다른 가지로 뻗어 나가는 것 같지만 건강한 몸이라는 한 줄기에 연결되어 있다. 그 어떤 시대에도 절름발이가 아름다움의 기준에 부합한 적은 없었다.

근사한 옷과 장신구로 나를 돋보이게 하고, 멋진 물건으로 나의 가치를 높이고, 아름다운 비율을 탐색하다 보면 노력한 만큼 효과도 있겠지만, 기준이 외부에 있는 한 내면의 불안함은 사라지지 않는다. 스스로에게 편하고 자연스러울 때에야 안정이 찾아온다. 사실 남들은 몸무게 몇 킬로의 차이, 옷을 어떻게 입었는지, 신발이 무슨 브랜드인지, 피부가 거칠한지 매끄러운지 잘 모른다. 세상은 내 모습이 어떻게 보이는지와는 무관하게 그냥 흘러간다. 정작 관심도 없으면서 타인의 기준은 변덕을 부릴 뿐인데, 스쳐 지나가면서 하는 한마디에 상처받고 장난삼아 던지는 돌멩이에 맞아 쓰러지는 개구리처럼 나자빠지는 것이다.

수술 상담을 받을 때 의사 선생님이 각을 딱 잡고 사뭇 진지하고 심각하게 "여성분이고 아직 젊은데 수술 부위에 흉터가 크게 남을 거예요"라고 하셨다. 그 말을 듣는 기분이 기묘했다. 미를 동경하고 집착이 큰 나도 수술을 결정하면서 한 번도 흉터를 염려해본 적이 없기 때문이다. 물론 의료인으로서 환자가 겪을지도 모를 심리적인 충격까지 배려한 점은 고맙고, 한편으로 감동이었다. 단지 나보다도 더 염려하며 조심스럽게 말을 꺼내는 걸 보며 다른 사람들은 이런 상황을 어떻게 받아들이는지 궁금했다.

나는 내 몸에 남게 될 흉터를 별로 신경 쓰지 않았고 수술 후 몇 년이 지나도록 그것이 크게 거슬렸던 적도 없다. 옷으로 완전히 가려지는 부위의 흉터는 아주 밀접한 관계의 사람이 아니면 볼 일이 없다. 주의 깊게 볼 사람은 남편뿐인데, 혹시라도 그에게 있을지 모를 시각적 거슬림까지 내가 신경 써야 하는 건가? 어릴 적 내복으로 만든 오프숄더 상의를 엄마에게 들킨 것만큼이나 찝

아름다움은 결국 잘 살아가는 일

찝한 기분이었다.

내가 아름다워 보이고 싶은 이유는 객체가 되어 미를 평가받고 싶어서가 아니다. 예전에는 몸의 결핍을 가리거나 채우기 위해서였다면 요즈음은 사실 특별한 이유가 없다. 이유가 없어졌다는 사실이 자연스럽고 편하다. 내가 될 수 있는 가장 훌륭한 버전의 내가 되고 싶은 것, 딱 그 정도의 욕망으로 가라앉았다. 세상의 기준에서 온전히 자유롭지는 않지만 몸을 성적 도구로만 바라보는 시선을 거부하고, 그것을 벗어났을 때의 홀가분한 기분을 느끼고 싶다. 아름답고 싶으면서 동시에 사라지고 싶은 두 욕망을 물끄러미 들여다보면 그 이면에 공통점이 보인다. 다른 사람들에게 이질감 없이 받아들여지고 싶다는 것, 그들에게 내쳐지고 싶지 않다는 것이다. 그 욕망은 생존의 욕구와 닿아 있다.

아마도 나는 중년을 거쳐 장년, 노년으로 가면서 자연스러운 노화와 더불어 몸의 변형과 보행의 장애를 겪을 것이다. 그런 내 모습에 주눅 들고 싶지 않다. 언젠가 보조기를 차야 한다면 내복의 어깨를 내려 오프숄더를 만든 것처럼 보조기에 반짝이라도 달아보리라. 빛나고 아름답게, 살아가는 것에 장식을 더해볼 것이다. 내 자신에게 힘을 불어넣는 아름다움을 만끽하고 누리고 싶다. 아름다움은 결국 잘 살아남는 것과도 연결되어 있으니까.

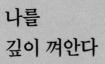

나를
깊이 껴안다

자신과 가까워지기 위한 몇 가지 방법

5

고통의 연대

걱정에 심하게 매몰된 적이 있었다. 뾰족한 해결 방법은 없고, 딱히 상황이 나아질 기미도 보이지 않는데, 그저 기다리는 것밖에 할 수 없어서 하루하루 속이 타들어 갔다. 마땅히 이 괴로움을 나눌 사람도 없었다(고 생각했다). 며칠을 잘 먹지 못하고, 잠도 제대로 이루지 못해서 심신이 피폐해졌다. 몸이 아파서 겪었던 고통도 이만큼 힘들지 않았다고, 최악이라고 생각했다. 그렇게 며칠을 지내다가 갑자기 기절했다. 집에서 일어난 일이었다. 물을 마시러 부엌에 갔다가 기억이 끊겼고, 눈을 떠보니 아무도 없는데 컵만 깨진 채로 바닥에 뒹굴고 있었다. 눈을 뜬

순간 느꼈던 황량함에 내장 기관이 다 증발해버리고 껍데기만 남은 것 같았다. 그렇게 허무할 수가 없었다. 멸절滅絶의 불안이 들었다.

사람은 누구나 죽는다는 걸 알지만 그것을 온몸으로 실감하기는 어렵다. 쓰러졌다가 혼자 깨어나 주섬주섬 주변을 챙기면서 내 존재가 이 세상에서 잠시 흩어져버린 듯한 느낌, 그리고 언젠가는 이런 식으로 사라져버린다는 것을 생생하게 느꼈다. 도널드 위니콧은 멸절의 불안을 "엄마의 품에서 바닥으로 추락하는 경험"이라고 표현했다.♦ 여러 번의 수술로 잠들었다가 깨어나고, 극도의 통증을 통과하면서도 몰랐던 불안을 왜 이렇게 새삼스럽게 느끼게 되었을까? 이유는 알 수 없지만 도움이 필요하다는 생각을 했다. 내 마음을 쏟아내고 싶은 간절함이 생겼다.

고통을 꾸역꾸역 집어삼키기만 하며 살았던 것은 아니다. 돌아보면 미련했지만 공감하며 이야기를 나눌 수 있을 상대가 보이면, 매번 나도 모르게 내놓고 말았다. 그러나 사람들은 대부분 "너보다 더 심한 사람 많아." "누구나 겪는 일이야." 하고 입을 틀어막아버렸다. 얼마나 모욕적인 일인가. 세상에서 가장 불행한 사람이 되어야만 고통을 털어놓을 자격이 주어지는가. 얼마만큼

♦ 도널드 위니콧(Donald Woods Winnicott, 1896~1971): 대상 관계 이론 및 발달 심리학 분야에서 영향력 있는 소아과 의사이자 정신 분석가.

의 고통이 진짜 고통이라는 기준이 있는가. 모든 고통은 절대적이고 개별적이다. 그렇기에 고통을 상대 평가해서 그 강도를 평가할 수 없다. 그 사람이 겪고 있는 고통은 온전히 그 사람이 느끼는 대로 이해하고 받아들여져야 한다.

고통을 혼자만 겪고 있다고 생각하면 견디기 힘들어진다. 이세상에 아프지 않은 사람이 어디 있겠냐는 말은 남들에게만 듣는 말이 아니었다. 나 스스로도 내가 겪는 일들이 다른 사람의 고통에 비해 별것 아니라고 생각하면서 점점 말을 잃어갔다. 내가 겪는 일들을 나눌 수 없게 되고, 표현할 언어를 잃으면서, 고통이 나를 지배하기 시작했다. 주변으로 향하던 시야가 좁아지고 오직 내 안으로만 침잠했다. 결국은 나 자신도 달래주지 못하고 자학만 하다가 내면이 붕괴되는 느낌이었다.

나를 잃어버렸다고 생각하는 와중에 정신을 차리게 한 것은 고통을 표현할 언어의 발견이었다. 상담을 받기 시작했다. 처음엔 끊임없이 내 이야기를 꺼내야 해서 쉽지 않았지만 회차를 거듭하며 내가 한 말을 다시 내가 듣고 정리해나갈 수 있었다. 두서 없이 내뱉은 말들이 의미를 갖춘 이야기로 발전했다. 점차 말을 할 수 있는 상태가 되면서, 외부적으로는 독서 클럽에서 내 또래의 여성들과 토론을 하며 가볍게 자기 사는 이야기를 나누기도 했다. 내 이야기를 내놓고 관심을 받는 것보다 다른 사람들의 이야기가 더 끌렸다. 타인에게서 나의 모습을 발견하며 공감하다 보니 내가 겪는 일을 멀찍이 떨어져서 보는 관점도 갖게 되었다.

중년, 특히 아이를 키우는 여성의 모습은 평면적이다. 전형적인 어머니로서의 이미지가 너무나 커서, 그 사람이 살아오면서 겪은 모든 과정이 무시되고 지워지고 만다. 같은 입장인 나조차도 내 또래의 여성을 보면서 그들의 개별성을 인식하기는 쉽지 않다. 그러나 이야기를 나누면서 평면은 점차 입체가 되었다. 한 사람의 존재를 발견하는 과정 자체가 마치 나를 드러내고 이해받는 듯한 카타르시스를 갖게 했다. 겪고 있는 고통의 경중을 떠나, 단순한 취향 하나에도 한 사람의 농축된 정수가 담겨 있었다. 이 모임은 학부모 독서 모임이었다. 그 어떤 모임보다 긴장하고 불편한 자리, 전혀 기대하지 않았던 만남에서 잠시 기댈 수 있는 자리를 서로에게 내어주었다는 것이 더 특별하게 다가오고 위안이 되었다.

무엇보다도 내면의 깊은 곳으로 끌고 들어가도 안전한 친구들을 만나자 그저 견디기만 해온 고통의 의미를 찾을 마음의 여유가 생겼다. 충고, 조언, 평가, 판단 없이 서로가 서로의 이야기에 깊은 관심을 가지고 들어주는 과정은 스스로를 발견하는 데도 큰 도움을 주었다. 서로의 이야기에서 발견한 점들을 자유롭게 이야기하고, 고통의 의미를 찾아가는 여정의 동반자가 되어주었다.

에리히 프롬에게서 영감을 받은 정신의학자 스캇 펙은《아직
도 가야 할 길》에서 사랑을 "자기 자신과 다른 사람의 영적인 성
장을 위해 자아를 확장하고자 하는 의지"라고 규정했다. 사랑의
정의가 이렇다면 서로에게 귀를 열고 듣기 위해 애쓰는 우정도
사랑에 가깝다고 생각한다. 병적으로 집착하지 않고, 인정받으려
고 하지 않고, 지나치게 몰두해 자신을 소진하지 않고, 대신 서로
위로하고 작은 발걸음이라도 앞으로 내딛게 하는 고통의 연대는
사랑이 있어서 가능하다.

아픈 몸으로 살면서 근본적으로 느꼈던 고통은, 경험을 공유
하기 어려웠던 외로움과 고립감 그리고 내가 충분히 사랑받지 못
할 존재라고 느끼는 데서 오는 일종의 박탈감과 자괴감이었다.
여기에 혼자 쓰러졌을 때, 그 누구도 곁에 없다면 생존마저 불안
해진다는 위기의식이 더해졌다. 흔히들 사랑을 받으려면 먼저 나
자신을 사랑해야 한다고 하는데, 내가 받고 싶은 사랑을 나에게
아무리 쏟으려고 해도 이미 방전된 정신의 에너지로는 그럴 여력
이 없었다. 그래도 나는 운이 좋았다. 곁에서 오래오래 나를 채워
주고 또 채워주는 사람들이 있었으니까.

고통에 직면했을 때 끝끝내 응시하며 충분히 애도하고 바닥
까지 다 쓸어버리고 나면, 다시 떠오를 거라는 믿음이 있었다. 이
믿음을 가능하게 한 것은 함께 고통을 이야기하고, 거기에서 의

미 있는 서사를 뽑아내고, 앞으로 나아갈 수 있게 손잡아준 이들이었다. 사람들은 서로가 서로를 힘들게 한다. 그리고 서로가 서로를 돕고 지킨다. 그것이 살아가는 일, 아프면서 살아가는 일이다. 아픈 몸으로 살아온 고통을 이야기했지만 그것은 몸의 아픔만이 아니라 살아가는 아픔이었다. 그리고 삶의 풍경 속에서 때로는 찬란하게 빛나는 순간들을 만끽하고 나누는 일도, 결국 고통을 나누면서 가능했다. 그것이 살아 있는 기쁨이리라.

내가 바라는
관능적인 삶은

긴 재활 기간을 견디고 있을 때 비록 몸은 불편하더라도 마음만은 멀쩡하고 싶었다. 강한 의지가 있다면, 회복은 시간에 맡기고 정신활동을 더 풍요롭게 하리라 마음먹었다. 몸의 움직임이 제한적이더라도 할 수 있는 것들을 찾아서 하면 된다고 생각했다. 움직이지 않고 앉아서 할 수 있는 건 책 읽기였다. '집에서 책도 읽고 영화도 많이 보고, 음악도 듣고, 하고 싶었던 건 다 하는 거야!'라고 생각하니 뭔가 꿈을 꾸는 것 같았다. 주부로서 엄마로서 쫓기듯 했던 일들을 한순간에 내려놓을 수도 있다는 사실에 약간은 허망하기도 했지만.

그러나 막상 시간이 눈앞에 펼쳐져 있고, 읽으려고 사둔 책이 쌓여 있어도 마음에 와닿는 것이 없었다. 지루함을 책을 모으는 순간의 충족감으로 연명하고 지냈다. 재활 기간은 거의 감금, 격리 생활과도 비슷했다. 활기가 없어지고, 무력감에 지쳐갔다. 책은 고사하고, 잘 보던 드라마 시리즈조차 감흥이 없었다. 그렇게 무기력하게 지낼 때《관능적인 삶》이란 제목의 책이 내 손에 들어왔다. 나의 상황과 가장 대척점에 있는 표현이었으나 무작정 끌려서 책장을 넘겼다. 작가가 말하고자 한 '관능'의 개념이 순식간에 날 사로잡았다. 지난 삶의 조각들이 빛을 받아서 반짝거리며 갑자기 존재감을 드러내는 것 같았다.

작가는 책에서 관능에 대해 이렇게 설명한다.

"피상적 개념에서 벗어나 삶을 유지하는 감각작용의 총체로서 관능에 주목한다. 기억을 탐험하고 삶의 서사를 넘나들며 당신을 발견하는 즐거움으로서의 관능이기도 하다. 삶은 관능(적)이다."

관능의 사전적인 정의로는 육체적 쾌감, 특히 성적인 감각을 자극하는 작용도 있지만, 오관五官 및 감각 기관의 작용 혹은 생물이 살아가는 데 필요한 모든 기관의 기능이라는 의미도 있다. 관능은 그렇게 육체적이고 성적인 의미에서 확장되어 삶의 서사에서 발견하는 생의 즐거움, 세상에 대한 섬세하고 예민한 감각, 그리고 생명력과 맞닿아 있었다. 그랬기에 현실적으로 관능과 가장 먼 위치에 서 있는 내가 관능을 생각하는 일은 의외로 비참하지 않았다.

몸이 완전히 해체되었다가 다시 제대로 조각을 맞춰 회복하는 과정에서 나는 그 어떤 때보다 몸의 세세한 부분을 느끼고 의식했다. 고통 속에서 엄청난 생명력이 뿜어져 나왔다. 통증과 회복 속에서 살아 있음을 더 강렬히 느꼈고, 건강할 때에는 인식하지 못했던 감각에 집중하게 되었다. 내 안의 생존을 향한 강렬한 욕망이 관능으로 피어나는 것 같았다.

수술 이전의 내 삶이 관능과 가장 먼 곳에 있다고 느낀 것은 단지 건강하지 못했던 몸 상태 때문만은 아니었다. 나는 역할들에 매몰되어 삶의 활력을 잃어가고 있었다. 결혼 전에는 딸로서, 결혼 후에는 엄마, 아내, 며느리라는 역할에 정신없이 휩쓸렸다. 가족들에게 나는 습관과도 같은 당연한 존재였고, 그렇게 고착된 내 역할에 숨이 막혔다. 가족을 향한 사랑과 헌신이 가치가 없다는 뜻은 아니다. 가족들이 내게 무심하고 짐처럼 여기고 부담스러워했더라면, 온전히 그 시간을 견딜 수 없었을 테고 (관능이라고 부르는) 삶의 역동하는 감정에 다시 관심을 기울일 정신적 여유도 없었을 것이다. 돌봄에 감사한 마음이 들면서도, 한편으론 꼭 그렇게 역할에 한정된 삶을 살아야 하는지 의문이 생겼다.

수술로 일상적인 생활과 단절된 채 오롯이 혼자 있었던 경험 덕분에 가정에서의 내 역할과 개인적인 삶의 균형을 어떻게 이룰지 생각할 수 있었다. 그 정도의 충격적인 사건이 없었다면 나 자신을 역할로부터 분리할 수 없었을 것이다. 그 과정에서 느낀 외로움에 힘들었지만 존재의 개별성을 생생하게 실감한 계기이기도 했다. 주변의 모든 부차적인 것들이 제거된 상태로, 한 개인으로 존재하는 경험은 아주 오랜만에 느끼는 신선한 감각이었다.

내가 획득하고 싶은 삶의 관능은 나를 끊임없이 증명하지 않아도 온전히 타인에게 받아들여질 것이라는 확신과 안전한 느낌을 발판으로 생겨나는 힘이었다. 관능을 되찾기 위해서, 또 다정함을 갈구하면서 나 자신을 돌아볼 때가 있었다. 그러나 내가 나를 바라볼수록 더 깊은 심연에 빠졌다. 나는 그리 고정적이고 일관된 사람이 아니었다. 어제의 나, 며칠 전의 나, 몇 년 전의 내가 생경할 때가 있다. 과거를 돌아보면 나의 '참모습'을 찾으려 했던 것만큼 덧없는 일이 없었다. 나만 달라지면 세상이 달라진다는 조언은 절반만 맞았다. 나를 받아들여주는 세상을 찾아야 나도 바뀌는 것이었다.

경력도 없이 중년이 되어버린 사람에게 현실적으로 환경을 바꿀 기회는 거의 없었다. 할 수 있는 일은 SNS로 불특정 다수의 생각을 들여다보는 것, 내가 참석할 수 있는 주변의 모임을 찾아나서는 것이었다. 또래 여성들의 고민과 우울, 혹은 자랑거리와 욕망 등 생생한 마음의 소리들을 접하면서 내가 처한 현실의 특수성뿐 아니라 함께 공명할 수 있는 보편성을 발견하게 되었다. 내가 고립되고 배척되지 않았다는 느낌, 서로가 연결되어 있다는 느낌만큼 근본적인 안정감을 주는 게 또 있을까. 내가 속했던 작고 좁은 인간관계에서 벗어나 삶의 폭을 외부로 확장하자 세상의 색이 달라졌다.

보편성과 관능이 어떻게 연결될 수 있을까. 보편성을 발견하는 것은 정성으로 차린 식사에 초대받는 것과 같다. 존재할 가치가 있음을, 살아 있음을, 욕망을 드러내도 괜찮은 자리에서 존재 자체로 환대받는 경험은 관능을 피어나게 한다. 발견과 환대라는 토대 없이 우리의 감각과 경험, 삶의 서사를 어떻게 펼쳐놓겠는가. 몸과 마음이 너무나 밀접하게 붙어버려 생활의 붙박이장이 된 상황에서는 돌파구를 찾기 어렵다. 나와 공감할 수 있고, 생각을 나눌 수 있는 관계를 만들고 확장할 때에야 존재의 안정감을 찾을 수 있다. 그렇게 외부 세계와 내 감정을 나누고 관계를 확장할 때, 온갖 역할에 짓눌려 개인으로 살기 힘든 집안에서도 나라는 존재의 자리를 만들 여유가 생길 것이다.

"우리는 혼자서는 결코 생의 불행도 행복도 감당할 수 없는 존재다. 영역을 넓히고 공감하고 생의 지평을 넓힐 때에야 비로소 그것에서 해방될 수 있다."✦

✦ 《관능적인 삶》, 이서희 지음, 그책, 2014

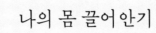

나의 몸 끌어안기

"그녀의 걷는 모습은 내가 기억하고 있는 시마모토의 걸음걸이와 너무나도 흡사했다. 그녀도 시마모토와 마찬가지로 왼쪽 다리를 약간 휘돌리는 듯한 느낌으로 걸음을 옮기고 있었다. 나는 그녀의 뒤를 따라 걸으면서 스타킹으로 감싸인 예쁜 다리가 그런 우아한 곡선을 그려내는 것을 질리지 않고 바라보고 있었다. 그 모습 속에는 오랜 세월에 걸친 훈련에 의해 습득된 능란한 솜씨만이 만들어낼 수 있는 유의 우아함이 있었다."✦

✦ 《국경의 남쪽, 태양의 서쪽》, 무라카미 하루키 지음, 임홍빈 옮김, 문학사상, 2006

하루키의 소설 《국경의 남쪽, 태양의 서쪽》에서 주인공 '나', 하지메는 길을 걷다가 스쳐 지나가는 여성의 걷는 모습을 보고 어렴풋하게 첫사랑으로 기억하는 소녀의 모습을 떠올린다. 그가 초등학교 6학년에 처음 만났던 시마모토는 소아마비를 앓아 왼쪽 다리를 살짝 저는 모습으로 묘사된다. 사춘기가 가까워진 소년의 마음에는 시마모토를 향한 미묘하게 설레는 감정이 커져갔다. 애정을 가진 눈은 사소한 것에도 집중하게 되는 법. 하지메는 그녀가 남의 집에서 신발을 벗는 것을 꺼리는 모습을 유심히 관찰하다 왼쪽과 오른쪽 밑창의 두께가 다르다는 것을 발견한다. 그는 시마모토가 아마도 그것을 들키기 싫었으리라 짐작해본다.

소설 속 시마모토가 다리를 저는 모습이 신체의 결함이 아닌, 한 사람이 가진 특질의 하나로 묘사된 점이 마음을 끌어당겼다. 오랜 시간에 걸쳐 매일매일의 한 걸음 한 걸음이 축적된 몸짓에 매혹되고 온 마음으로 끌어안는 따뜻한 시선이 느껴졌다. 소설의 이 구절은 내게는 특별하게 다가왔다. 나의 몸을 결함이 있는 것이 아니라 특징이 있는 것으로 생각할 수도 있겠구나. 존중이 담긴 시선을 받았다는 생각에 울컥하는 마음이 들었다.

이 책을 읽고 얼마 지나지 않아 친구가 나의 움직임을 어떻게 생각하는지 말해주었다. 우리는 여행 중이었고, 새로운 풍경을 보면서 살아가는 이야기를 나누고 있었다. 당시 그녀는 '우아함'

이라는 키워드에 꽂혀서 깊이 파고들 때였다. 친구는 너는 너의 몸과 행동이 어색하다고 생각하지만, 사실 네 움직임은 굉장히 우아하다고 말했다. 네 움직임이야말로 절실함에서 나오는 우아함, 여유로워 보이지만 안간힘을 써서 갖게 된 몸가짐이 아니겠냐며. 그녀에게 우아함은 거의 불가능할 것 같은 순간에도 현실의 어려움을 극복해보려는 의지나 태도를 의미한다고 했다. 그러고는 여행을 하며 몰래 찍은 내 뒷모습 동영상을 보여주었다. 거기에는 실험실의 기계장치를 붙인 채 걸음걸이를 측정하고 기록하던 비틀리고 부자연스러운 내가 아닌, 낭창낭창하게 흔들리며 걸어가는 맵씨 좋은 여자가 있었다. 이게 나라는 걸 믿을 수 없을 만큼 꽤 괜찮은 모습이었다.

　　그랬구나. 나는 지금껏 사람들이 내 움직임을 어색하고 이상하다고만 여길 줄 알았다. 한데 객관적이라고 믿었던 그 생각은 나에 대한 확신이 없기 때문에 만들어낸 어두운 환상이었다. 거기에는 완벽주의가 만들어낸 강박적인 집착이 담겨 있었다. 타인이 나를 바라보는 시선이 긍정적이든 부정적이든 내가 붙잡고 통제할 수 있는 건 없다. 그럼에도 타인의 마음속에 내가 괜찮은 사람으로 보이기를 바랐다. 현실은 남의 눈에 내가 어떻게 보일지 직면조차 할 수 없으면서. 타인의 부정적인 평가와 반응에 무너지지 않으려고 일부러 최악의 상황을 상정해 그려보기도 했다.

내가 객관적이라 믿었던 것은 사실 다른 사람의 평가에 무너지고 싶지 않았던 방어기제일 뿐이었다.

그녀가 '우아함'이라고 표현한 나의 움직임은 몸의 변형에 적응하느라 만들어진 몸짓이다. 몸은 서서히 변하고 뒤틀리고 굽으면서 통증이 심해졌고, 나는 통증을 견디면서 일상의 요구와 필요에 끊임없이 타협하고 협상해야 했다. 그 과정에서 몸의 한계를 갖고 살아가는 방법을 현실적으로 터득하고 몸에 익혀야 했다. 생활의 달인이 오랜 기간 일을 하면서 터득한 효율적인 작업 활동이나, 운동선수가 훈련으로 다진 정교한 경기 운영 실력처럼 인정받을 수 있는 형태의 멋진 재능은 아니지만, 최선을 다해 구현해낸 나름의 성취였다. 기울어진 곳에서 넘어지지 않고 걷기, 계단에서 균형을 잃고 굴러 떨어지지 않기, 음식을 흘리지 않고 젓가락질하기, 칼질하면서 손 썰지 않기, 단추 구멍에 단추 끼우기, 길에서 별 이유도 없이 넘어졌을 때 후유증처럼 남는 창피함 빨리 떨치기… 너무나 '사소한' 것들이지만 결코 쉽지 않았고, 오랜 세월 반복하며 쌓은 기술이었다.

사소하기 때문에 오히려 이런 것도 못 하나 싶어서 좌절하고, 못나게 비춰지는 내가 부끄러워서 얼마나 감추고 싶었는지 모른다. 몸의 불편함을 긍정적인 시선으로 끌어안기 위해서는 약함을 나의 정체성의 전체로 받아들이지 않아야 했다. 사람들은 강함과

약함을 모두 가지고 있다. 또 일관되지 않고 시시각각 변화하는 모습으로 존재한다. 내게도 약점과 강점이 공존함을 꼭 기억해야 했다.

다른 한편으로는 몸을 애써 문화적 이상향에 맞추려고 했다. 내가 결코 도달할 수 없는, 사회에서 긍정적으로 받아들여지는 신체 이미지에 집착하면서 자존감이 낮아졌다. 그러나 어느 순간 그렇게 힘겹게 얻으려고 했던 평범한 몸과 움직임에 대한 집착이 사라졌다. 지독히 아픈 시기를 거치면서 내게 요구된다고 믿었던 이미지들이 덧없다는 걸 깨달았다. 극심한 통증을 겪으며 오히려 중년의 여성, 엄마, 아내가 표상하는 것들을 따라가지 않아도 된다는 자유로움을 얻었다.

내가 그토록 원했던 것은 무엇이었을까? 주목을 받지 않는 것? 모나지 않게 적응하는 것? 그러면서 사람들에 맞추고 그렇게 받아들여지는 것? 외부의 가변적인 평가 기준에 나를 맞추려는 시도는 언제나 실패할 운명에 처해 있었고, 나의 발전에도 내면의 평화에도 도움이 되지 않았다. 자신에게 지나치게 엄격했던 기준을 풀어서 보다 자유롭고 관대한 시선으로 스스로를 대할 필요가 있었다. 있는 그대로를 받아들이고 긍정적인 시선으로 보기 위해서는 타인을 사랑하는 시선으로 안아주는 것처럼 나 자신을 애틋하게 봐야 했다. 저마다의 몸이 그리는 행동의 궤적에는 삶의 서사가 담겨 있다. 이상해 보이는 몸짓일지라도 그 안에는 한 사람의 삶이 농축되어 있고 그간 다져진 노력의 결실이 담겨 있다는 걸 믿게 되었다. 발목을 휘돌리며 걷는 모습이 더 이상 부끄럽거나 불편하지 않았다. 오히려 경쾌한 제스처이자, 삶에 뛰어들어 힘차게 치고 나아가는 발길질이라는 사실을 이제는 온전히 받아들이게 되었다.

글을 쓰며 아픔을
통과하는 중

아이가 어렸을 때는 마음이 조금만 틀어져도 쉽게 울곤 했다. 걸핏하면 우는 아이라 울보라고 놀림받을까 봐 자주 울지 말라고 했던 적이 있다. 아이는 어디서 들었는지 "눈물은 마음을 정화하는 도구예요"라고 답했다. 시도 때도 없이 울음으로 해소했던 게 문제였지만, 그 말을 들은 이후에는 아이의 우는 소리를 견디기가 훨씬 쉬워졌다. 울 때마다 스트레스를 풀고 있구나 하고 생각하니 울음에 관대해졌다. 그러나 어른이 되면 눈물이 쉽게 나오지도 않고 울어도 남는 것은 퉁퉁 부어 못생겨진 얼굴뿐이다. 고통은 다시 스멀스멀 올라오고 그 와중에도 부은 눈을 가라앉히겠다고 차갑게 식힌 숟가락을 눈두덩에 대고 있어야 한다.

울면 당장은 마음에 쌓인 무언가가 녹아 흘러 나가는 듯한 카타르시스를 느끼지만, 눈물로 마음에 꽉 차오른 슬픔을 방류하는 것은 일회성으로 그친다. 우리가 직면하는 삶의 많은 문제들은 실제로 해결할 길이 없어서 고통스러운 것이다. "슬퍼만 하지 말고 행동해라"라는 구호는 그래서 허망하다. 방법이 없어서 슬픈 것인데 무엇을 어떻게 더 행동하라는 말인가. 답도 없는 상황이지만, 그럼에도 우리는 슬픔과 고통이 위험 수위를 넘지 않도록 조절할 필요가 있다. 상황이 바뀌지 않아도 마음만이라도 달라져야 숨통이 트이니까. 일회성으로 그치는 게 아닌 방법으로 나를 달래야 했다. 내가 유일하게 할 수 있는 일은 글쓰기였다.

나는 왜 이렇게 열등하게 태어났을까? 왜 내게 이런 일이 생겼을까? 노력을 해도 안 된다면 어떤 희망으로 살아야 할까? 온갖 부정적인 생각이 꼬리에 꼬리를 물고 나를 찌를 때 SNS에 토해내듯 짧은 글을 쓰기 시작했다. 나 자신에게조차 솔직할 수가 없어서, 또한 타인이 내 마음을 읽는 것이 두렵고 부끄러워서, 뜬구름 잡듯이 애매모호하고 추상적인 단어를 나열했다. 고통을 알리고 싶고 하소연도 하고 싶지만 공격받고 싶지도 않은 이중적인 마음이었다. 그런 혼잣말 같은 글이라도, 내 이야기에 말을 건네고 서로의 생각을 나누는 사람들이 생겨났다. 그렇게 짧은 메모들이 축적되면서, 한 문단에서 한 꼭지의 글로, 그다음에는 짧은 시리즈로 글쓰기가 이어졌다.

내 글뿐 아니라 다른 사람들의 이야기도 하나하나 눈에 들어오기 시작했다. 꼭 같은 종류의 고통이 아니더라도 아픔을 겪는 사람들이 공명하는 정서가 있다. 타인의 사연에서 내가 거쳐 온 마음의 상태를 발견하거나 객관화된 나의 모습을 찾기도 했다. 또 글에는 그 당시의 나의 마음이 남는다. 타인과의 교류를 통해 위로를 받을 뿐 아니라 나 자신의 상태를 객관화하여 볼 수 있다. 고통과 온통 한 덩어리가 되어 머물렀던 시간에서 빠져나와 그것에서 나를 분리시켜 바라볼 수 있는 거리감이 생기는 것이다.

오래 알고 지낸 친구에게 (알고 지낸 시간만큼 내 마음을 잘 이해하지 않을까 싶어서) 내가 겪는 아픔을 하소연한 적이 있다. 그러나 돌아온 대답은 "그건 나이 들면 누구나 겪는 증상이야"였다. 당황스러웠다. 그녀의 대답이 무심한 것인지 아니면 내가 징징거린 것인지 알 수가 없어서 그냥 입을 다물었다. 상처받은 마음은 쉽게 달래지지 않았다. 그러나 같은 감정을 글로 적어 올리면 그 글은 뒤통수를 후려치는 부메랑으로 돌아오는 게 아니라 물수제비처럼 통통 튀기면서 의미의 파장을 남긴다. 나의 이야기는 타인의 가슴에서 다른 이야기로 피어나고, 서로의 사연과 해석을 나누면서 마음을 다독거릴 수 있다.

그런 과정을 프로젝트로 진행해서 기록으로 남긴 책이 있다. 얼핏 보면 책인지 전시 도록인지 모르겠는《시린 아픔》은 자신의 이별을 극복하는 과정을 사진과 글로 묶은 책이다. 이 책을 쓴 소피 칼은 프랑스 출신의 사진작가이자 개념 미술가이다. 그녀는 자신의 삶 전체를 작품의 대상으로 삼아 일상과 예술을 섞는 프로젝트를 계획한다. 소피는 서른 살의 나이가 되어, 열 살 때부터 동경했던 아버지의 친구를 사귀게 된다. 그리고 그와 사귀는 동안 연구 장학금을 받아 3개월간 일본으로 여행을 간다. 그녀는 서로 멀리 떨어지면 헤어지지 않을까 불안해하면서 여정을 시작한다. 책의 전반부는 여행 이야기가 담겨 있다. 여행 기록의 대부분은 '사랑하는 당신에게' 보내는 편지글로 엮이어 있다. 여행이 끝나는 날 인도의 한 호텔에서 그를 만나기로 했지만 남자는 나타나지 않았다. 그는 소피가 이유를 따져 물었을 때에야 비로소 다른 여자가 생겼다고 말했다.

이때부터 소피 칼은 실연의 아픔을 달래기 위해 사람들에게 자기가 겪은 일을 이야기하기 시작한다. 책의 후반부에는 그녀의 이별 이야기가 기록되어 있다. 석 달간 자신의 이야기를 타인에게 반복하면서, 이야기를 들은 상대방에게 그가 겪은 가장 힘든 일은 무엇이었는지 묻는다. 책의 왼편에는 소피의 이야기, 오른편에는 다른 이들의 가슴 아픈 사연이 병치되어 실린다. 왼편과 오른편의 이야기는 아무런 상관관계가 없지만 기록은 계속된다. 소피 자신이 스스로의 이야기에 질릴 때쯤, 타인의 고통과 견주어 자신의 고통을 상대화하면서 이야기는 끝을 맺는다. 그녀의이야기는 뒤로 갈수록 양이 줄고, 글씨가 희미해진다. 결국은 하고 싶은 말이 완전히 사라지면서 아픔을 치유하는 과정을 시각화한다.

　나는 고통을 끊임없이 쏟아냈다는 사실에 스스로 수치심을 느꼈다. 어리석은 행동을 했다는 생각에 부끄럽고 나 자신에게 화가 났다. 그러나 소피 칼의 책을 보면서 아픔을 극복하는 과정의 보편성을 보았다. 그녀는 자기 자신이 납득할 만큼, 감정의 남은 앙금을 끝까지 태워버린 뒤에야 진정한 치유가 가능했다. 그러나 이러한 과정을 가족과 친구들에게 말로 전달하기란 거의 불가능하다. 고통을 털어낼 만큼 충분한 대화를 나눌 시간을 갖기도 힘들뿐더러 상대가 내 이야기를 견딜 수 있을지 아닌지도 고려해야 한다. 고통의 언어를 전달하는 건 그만큼 어렵기 때문이다. 또 타인을 잡아끌어 같이 익사하게 만드는 고통의 속성 때문에 자칫 나의 곁을 지키는 이들을 떠나게 만든다. 그들도 살아야하니까.

　글은 불행한 사건과 고통을 겪는 나를 분리한다. 글쓰기는 의식이 개입되는 과정이어서 글을 쓰면서 차분하게 내가 겪은 일, 감정을 정리하고 전체의 모습을 살펴볼 수 있다. 내면에 뭉쳐 있던 감정을 타인에게 전달되는 형태로 만들다 보면 사건과 감정을 보다 입체적으로 보게 된다. 대단한 글이 아니어도 그렇다. 메모처럼 남겼던 글조차 잘 모아서 읽다 보면 나의 감정을 외부인의 마음으로 들여다보게 된다. 반복적으로 하는 표현, 주로 다루는 주제, 자주 등장하는 인물, 차마 표현하지 못하고 글로만 남겨둔 마음까지… 쓸 때와 읽을 때의 시차를 두고 관찰해보면 글쓴이의 생각과 감정이 보다 구체적으로 드러난다. 그리고 타인이 나의 글을 읽었을 때 새롭게 생성되고 의미가 확장되는 과정을 지켜보는 것도 흥미롭다. 글을 쓰고 나누면서 누구나 다 고통을 겪고 있다는 사실을 알게 되면 비로소 고통도 견딜 만해진다. 그리고 소피 칼처럼 창의적인 방법까지 더한다면, 묘한 기쁨과 성취감까지 느낄 수 있다.

소피 칼은 책의 마지막에 "내게 기꺼이 자신들의 가슴 아픈 사연을 이야기해준 이들에게 감사의 인사를 표한다. 그리고 이제 어느 정도 시간이 지난 만큼, 이 프로젝트가 존재할 수 있게 해준 그에게도 고맙다는 말을 전하고 싶다"라는 글을 남겼다. 그렇게 글쓰기는 아픔을 통과하는 사람에게 치유의 동아줄이 될 수 있다.

혼자 (빠져나와) 떠나는 여행

　　내가 꿈꾸는 여행이 있다. 언젠가 후배의 인스타에서 읽은 그들 부부의 여행 기록에서 내 꿈을 보았다. 짧은 몇 문장이었지만, 그곳에 내가 상상하고 그리워하는 여행이 있었다. 후배 부부는 짧은 휴가 기간 동안, 제주도에 갔다. 차를 렌트해서 해안도로를 따라 드라이브를 하다가 풍경이 멋지면 내려서 사진을 찍고, 걷고 싶은 길이 있으면 산책을 하며 느긋하게 돌아다녔다. 맛있는 피자집을 발견하면 피자와 맥주를 마신 후에 차를 세워두고 실컷 낮잠을 자고 일어나 다시 슬슬 운전을 해서 돌아다녔다.

만약 우리 부부였다면, 휴가 기간이 짧으니 그 시간을 효율적으로 활용하려고 방문해야 할 중요 지점을 체크하고, 이동 거리와 동선을 고려해서 그 사이사이에 갈 곳과 맛집을 최대한으로 배치했을 것이다. 물론 이 모든 계획을 남편이 알아서 짜니까 나로서는 많은 경험을 하게 해주어 고맙다고 생각했지만, 늘 마음 한편이 공허한 느낌이 들었다. 사실 우리 부부는 여행 때문에 많이 싸웠다. 그는 여행 준비를 열심히 했는데 알아주지 않는다고 섭섭해했다.

어느 날 남편에게 물어봤다. 여행에서 무엇을 추구하는지 한 단어로 말해보라고. 그는 "경험", 나는 "여유"라고 대답했다. 대답이 꽤나 기대되는 질문이라 나중에는 친구들에게도 물어봤다. 그중 인상 깊었던 대답은 "동행"이었다. 추구하는 가치와 방향성이 이렇게나 다르구나 싶었다. 여행의 디테일, 옳고 그름, 배려의 문제가 아니었다. 근본적으로 원하는 바가 다르면 욕망의 간극을 중심 지점으로 좁히기가 어렵다. 서로 추구하는 바를 반반씩 양보해서 타협점을 찾으면, 서로가 이해하고 만족하는 교집합뿐 아니라 영원히 채워지지 않는 나머지 부분이 생긴다. 꼭 양보하고 포기해야 하는 것일까? 영원히 만족하지 못하는 여행을 하다가 죽어야 하는 것일까? 결혼의 미덕은 온전히 내 취향을 누릴 경험을 포기하는 것일까? 여러 의문이 들었다.

그러기엔 인생이 너무 아까웠다. 하루키가 어디선가 들려온 북소리에 이끌려 여행을 떠난 것처럼 내 마음 한편에도 북소리가 울렸다. 이제야 부축을 받지 않아도 걸을 수 있게 되었는데, 이제야 아프지 않은 발걸음으로 세상을 디딜 수 있는데, 그 시간을 흘려보낼 수는 없었다. 언제 다시 아플지 모른다는 불안감, 초조함 때문에 더욱더 끓어올랐다. 내가 원하는 방식으로 여행을 하고 싶었다. 원하는 곳에 가고, 보고 싶은 것만 보고, 먹고 싶은 것을 마음껏 먹고 싶었다. 마흔이 넘어서야 찾아온 몸의 자유였다. 소중한 시간을 타협하고 싶지 않았다.

무엇이든 하고 싶어서 들끓고 있을 때 마침 친구가 여행을 가자고 제안했다. 결혼 이후로 남편이 아닌 동행과의 여행은 처음이었다. 십몇 년 만에 친구와 여행이라니! 설레는 마음에 한껏 부풀어 올랐지만 막상 혼자서 할 줄 아는 게 없었다. 비행기 티켓 구입, 숙소 예약, 여권 연장에 현지 교통편 검색까지 내가 해왔다고 생각한 것들이 알고 보니 내가 한 것이 아니었다. 일상에 녹아든 남편의 수고를 너무 자연스럽게 누려온 터라, 지금껏 여행 준비를 내가 했다고 착각한 것이다.

결혼 전 20대에는 해외여행도 혼자 갈 만큼 대범했는데, 도대체 어떻게 다녀왔는지 이해가 되지 않았다. 그때는 휴대폰이 없어서 지도를 보며 목적지를 찾아다녔는데, 방향치인 내가 어떻게 그런 여행을 다녔는지 미스터리였다. 친구와 떠난 첫 여행에서는 구글맵을 보고도 방향을 잘 찾지 못해서 여기저기 헤매며 고생했다. 건강한 사람이면 여행지에서 길을 잃어도 큰 문제가 되지 않겠지만, 동행한 친구는 시신경 척수염을 앓고 있었다. 나보다도 몸이 불편했고, 우리는 실수할 여력이 없었다. 기운이 떨어지면 지쳐서 될 대로 되라는 심정으로 길바닥에 주저앉고 싶을 테니. 우리는 서로의 속도에 맞는 동행을 찾았다고 좋아했지만 막상 다니면서는 짐 들어줄 사람이 절실하기도 했다.

친구와의 여행은 온전히 나 혼자는 아니었지만 내가 선택한 동행과 내가 원하는 여유로운 일정으로 다닌 첫 여행이었다. 길을 걷다가 배가 고프면 근처 맛있어 보이는 음식점에 들어가서 먹고, 같이 좋아하는 장소에서 끊임없이 수다를 떨고, 오후를 그냥 호텔에 드러누워 시간을 탕진하기도 했다. 우리는 하루에 한 곳만을 목표로 했다. 미술관 한 곳에만 들르고 점심을 먹고 돌아와 숙소에서 쉰 다음에 카페에 가서 또 쉬고, 저녁을 먹고 들어와 또 쉬는 것이 계획한 하루 일정이었다. 몸이 불편하지 않은 사람이면 애써 떠나온 여행지에서 시간을 낭비한다고 아까워할지 모르지만 우리에게는 이것이 최대치의 에너지를 쏟는 계획이었다. 친구는 이런 일정도 버거워서 진통제를 먹고, 종종 (비싼 비용을 감수하면서) 택시를 타고, 중간중간 많이 쉬면서 다녀야 했다. 예전의 나를 보는 듯했다.

　그때는 가족과 함께하지 않는 여행은 한편으론 좋으면서도 다른 한편으론 분리불안을 겪는 것처럼 떨렸다. 집으로 돌아가는 마지막 날은 친구와 비행기 이륙 시간이 달라서 공항에 혼자 가야 했다. 그때도 길을 잃어서 아슬아슬하게 비행기에 탑승했지만, 무사히 비행기가 뜰 때는 짜릿한 기분이 들면서 큰일을 해낸 기분이었다. 예전의 나처럼 통증으로 힘들어하는 친구는, 아픈 몸에도 불구하고 혼자서 꿋꿋이 여행을 잘 다녔다. 그간 내가 혼자 여행하지 못했던 이유가 과연 아파서였을까? 아픔이 변명은 아니었을까? 막연한 두려움에 시도조차 미뤄버린 것 아닐까? 여러 생각이 들었다.

　이후 다른 친구들과도 몇 차례 여행을 계획하여 떠났다. 기존에 내가 해온 역할에서 벗어나 나를 온전히 받아주는 새로운 시선과 함께할 때, 생명력이 차오르는 것을 느꼈다. 친구들과는 서로가 동등하고 배려하는 입장이었다. 나도 그만큼의 독립성을 갖추고 여행에 기여하는 바가 있어야 했고, 서로가 서로의 요구를 당연하고 기꺼이 받아들여야 했다. 오래 알고 지낸 사이여도 하루 종일 밀접하게 붙어 다니려면 서로에게 빠르게 적응하려고 노력해야 했다. 그렇게 서로를 관찰하고 발견하려는 시도는 지치지 않고 즐거웠다.

어쩌면 우리 부부 사이도 처음에는 그러했을 텐데, 몸이 아팠던 기간이 길어지면서 역할의 기울어진 구석이 생겨버렸다. 몸이 아프면서 내 역할을 제대로 못 하고 있다는 자격지심이 생겼고, 위축되었다. 어쩌면 이런 모습은 시간이 흐르면서 자연스럽게 변하는 부부의 역학 관계일지도 모른다. 이상적인 부부 관계를 생각하면 서로가 힘의 균형을 이루며 조화롭게 맡은 바를 수행해야겠지만, 현실에서는 각자가 취약한 순간에 곁을 지키는 배우자에게 의지해야 하는 순간도 찾아온다. 그것이야말로 평범한 부부의 모습인지도 모른다.

온전히 나 혼자 떠나는 여행은 사실 내키지 않는다. 무섭다기보다 경험을 나누고 함께 이야기할 사람이 곁에 있으면 좋겠다는 이유가 더 크다. 서로가 서로의 여행에 증인이 되어주는 것, 시간이 흘러 추억을 되짚으면서 각자 다른 버전의 이야기를 나누는 것도 여행의 번외편 같은 즐거움이다. 익숙한 곳에서 빠져나와 새로운 곳에 나를 놓는 여행, 같은 즐거움을 나눌 동행을 찾아 함께 떠나는 여행이라는 점에서 나는 이 여행을 '혼자 (빠져나와) 떠나는 여행'이라고 우기고 싶다.

친구와 여행을 하면서 혼자 떠날 수도 있다는 경험을 한 것만으로도 한 뼘 자란 기분이었다. 덕분에 마음의 자유와 용기를 얻었으니. 그렇게 내 마음에 그리던 여행의 기억을 채운 후에야 남

편과 다시 여행을 할 수 있었다. 다시 티격태격하면서 바쁜 일정

을 짜고, 서로 맞지 않는 취향을 포개면서 여행을 떠났다. 내가 돌

아온 자리에는 습관과도 같은 다정함이 있었다.

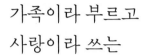

가족이라 부르고
사랑이라 쓰는

　　내가 생각하는 가사 노동의 3대장은 냉장고 정리, 옷장 정리, 침구 정리이다. 이 세 가지는 시작하기 전, 마음만 먹는 데에도 시간이 오래 걸린다. 막상 시작하면 수월하게 할 수 있느냐 하면 전혀 그렇지 않다. 하면 할수록 하는 도중에라도 도망가고 싶을 정도로 해야 할 일들이 불어난다. 이 노동 3대장은 힘이 많이 들 뿐만 아니라 잔손이 많이 가는, 한마디로 체력이 고갈되고 정신적으로 피곤한 노동이다. 특히 옷장 정리는 힘도 많이 들지만 분류와 정리에 가치 판단이 필요한 작업이라서 다른 사람에게 맡기기가 어렵다. 게다가 옷을 좋아하고 많이 사니까 더더욱 남몰래 해야 한다. 남편이 보면 "무슨 청바지가 이렇게 많이 필요한 거야?" 하고 잔소리를 할지도 모르니까.

수술 후 시간이 흘러 이제는 일상을 스스로의 힘으로 꾸려가지만 옷장 정리는 여전히 큰 산 같다. 그래서 할 일을 오래 묵혀뒀다가 컨디션이 좋아지자 몰래 옷 무덤이 된 옷장을 뒤집기 시작했다. 얼마 지나지 않아 그 더미들 사이에서 욕창 방지 매트를 발견했다. 입원과 재활 기간 동안 침대에 깔고 사용한 매트였다. 나는 사실 그런 용품의 존재도 몰랐다. 엄마가 수술 전에 필요한 물건들을 검색해보고 준비해둔 것이었다. 갑자기 울컥하는 마음이 들었다.

엄마가 지나온 시간을 생각해보았다. 딸의 수술 이후를 미리 걱정하며 당신이 할 수 있는 모든 걸 준비해뒀던 시간들을. 그동안 얼마나 많은 상념이 스쳐 지나갔을까. 엄마는 걱정이 많고 불안해지면 강박적으로 일을 만들어서 그 속에 파묻히는 경향이 있다. 퇴원했을 때 완벽하게 준비되어 있던 집 안 역시 엄마의 불안이 만들어낸 결과물이었다. 혹시라도 미끄러질까 봐 변기와 욕조 옆에 안전 손잡이를 설치하고, 나는 생각도 하지 못했던 목욕 의자도 챙겨놓았다. 엄마는 내가 준비해야 하는 것들까지 한발 앞서서 생각해두었다가 인터넷을 검색해서 미리 다 구비했다.

나는 엄마의 사랑과 헌신을 너무나 당연하게 받아들였다. 내가 아이를 낳고서야 자식을 돌보는 일이 천부적으로 발휘되는 모성이 아니라는 걸 깨달았다. 육아가 얼마나 힘을 쥐어짜내야 하는 일인지, 경험하기 전에는 전혀 짐작할 수 없었다. 나는 엄마처럼 꼼꼼하고 열성적으로 아이를 돌보지 못했다. 다 키워서 성인이 된 자녀에게 묻지도 따지지도 않고 달려와 선뜻 곁에 있어주는 부모가 많지 않다는 사실을 주변을 둘러보고야 깨달았다. 아이가 어릴 때에도 지치는 돌봄을, 성인이 되어 함께하는 배우자가 있는데도 한결같이 곁을 지키며 돌봐주신 사랑에 감사드린다.

내가 엄마가 되었을 때는 어떤 기분이었나. 엄마로 살아가면서 느낀 기쁨과 행복도 크지만 많은 시간을 불안과 좌절로 점철되어 살아야 했다. 나라는 개인이 성장하고 누릴 시간을 포기하고, 온전히 나로서 살아가지 못하는 현실에 비참함을 느꼈다. 그저 특별한 경우에만 희생하면 될 거라고 막연하게 추측했지만, 현실은 한 사람의 삶을 갈아 넣어야 한 생명을 키우고 독립을 시킬 수 있는 구조였다. 나는 좌충우돌 실수를 연발하면서 아이를 키웠고, 지금도 여전히 철이 덜 든 것 같은데, 내 나이였을 때의 엄마는 너무나 어른스러웠다. 나누기 어려운 짐을 지고 있었을 그녀를 떠올리면 마음이 울컥해진다. 내가 그녀의 인생을 소비하고 살아남았구나….

〈내 생애 첫 번째 마가리타〉라는 영화에서 주인공 라일라는 지체장애를 겪고 있지만 지적이고 명랑한 소녀이다. 그러나 그녀의 진취적이고 긍정적인 삶의 태도에도 불구하고, 보수적인 인도 사회에서 자신의 재능을 개발하는 데 한계를 느끼고 미국으로 유학을 가기로 결심한다. 영화는 라일라가 겪는 여러 일화들을 통해 장애인 여성의 사랑과 성을 탐색하는 과정을 경쾌하면서도 섬세하게 그려나간다. 제목처럼 인생 최초로 마가리타를 마시기도 한다. 몸이 비틀리고 일그러지는 표정으로 천연덕스럽게 생애 첫 마가리타를 마시는 즐거움을 누린다. 그녀는 성인이 되어 세상에 첫발을 내딛으며 겪는 모든 일들에 경쾌한 태도를 취한다. 라일라가 자신의 인생을 긍정적이고 진취적인 태도로 살 수 있도록 세심한 뒷받침을 해주는 사람은 엄마였다. 그녀에게 가장 큰 존재이자 그림자 같았던 엄마가 갑자기 세상을 떠나자 라일라가 이렇게 말한다. "엄마는 나에게 하나의 습관이었다"라고. 그 대사의 울림이 컸다. 인식하지 못할 만큼 밀접하게 붙어 있던 돌봄의 깊이가 느껴졌기 때문이다.

엄마에게는 무조건적인 돌봄의 수혜를 받았지만 남편은 달랐다. 부부는 부모와 달리 나의 노력과 남편의 이해가 부딪히고, 살아가면서 당연한 것은 하나도 없는 관계였다. 통증과 증상이 심화된 것은 결혼 이후의 일이었다. 남편이 나를 만나 가정을 이루면서 꾸었을 청년 시절의 꿈과 희망사항은 불가항력으로 수정되어야 했다. 낯선 증상들을 하나하나 마주하면서, 그도 때로는 내 통증이 엄살은 아닌지 의심을 하고 지치기도 했다. 아파보지 않은 몸으로는 도무지 나를 이해할 수 없어서, 또 아픈 아내와 할 수 있는 일이 많지 않고, 한다 해도 성에 차지 않아서 안타깝고 아쉬웠던 상황이 한두 번이 아니었을 것이다. 우리는 서로를 이해하지 못해서 많이 충돌했다. '모든 결혼은 현실'이라는 말로 부부가 겪는 고난을 크게 아울러 말하지만, 각자가 처한 개별적인 상황에서 해야 하는 노력의 정도와 나아가야 하는 방향은 다르다. 우리는 일상의 많은 것들을 세심하게 조금씩 포기했다. 그 누구보다 내 몸의 변형과 병의 진행을 가까이에서 지켜본 사이라고 해도 남편 또한 그만의 박탈감을 안고 살았으리라 짐작해본다.

고통에 함몰되어 있을 때는 주변의 사랑과 헌신을 제대로 인식하지 못했다. 분명 나 혼자 그 시간들을 헤쳐 나온 게 아닌데 곁에 아무도 없다는 생각에 외로웠다. 나의 고통을 몰라준다는 생각, 모두가 각자의 생활만을 우선시한다는 생각, 그래서 소외감과 고립감이 너무 크고 절대적이라는 느낌…. 그땐 왜 부모나 남편이 나를 이해하고 내 고통의 바닥까지 알아야 한다고 생각했을까? 다 안다고 해서 고통이 덜어지는 것도 아닌데 말이다. 나야말로 아프다는 이유로 가족들의 마음에 무관심했던 건 아닐까?

별 이상이 없는(아직까지 문제점이 발견되지 않은) 몸을 가진 사람도 지친다. 삶에 지치고 자기 자신에게 지치고 돌볼 가족에게 지치기도 한다. 나 역시 서로가 방전된 상태로 상황을 견뎌야 하는 일도 있었다. 그저 곁에서 자신의 일을 하는 것으로 서로에게 다가갈 준비를 하는 시간도 있었다. 하지만 무엇보다 그들의 이해와 사랑에 의존한 채 그들과 분리하지 못하는 나의 마음을 인식해야 했다. 이해와 공감을 갈구했던 것은 어쩌면 아픔을 감당하지 못하는 나의 모습을 직시할 수 없어서였는지도 모른다. 스스로 설 수 없을 정도로 지독히 아플 때에는 그 누구라도 독립적이고 당당할 수 없다. 그러니 내 마음과 상태의 변화를 인지라도 하고 있어야 한다. 아픈 몸을 불평하고 자기 연민에 빠져 곁을 지키는 이들까지 지옥으로 끌고 들어가지 않기 위해서.

그렇게 곁에서 열정적으로 나를 지켰던 엄마는 이제 나보다 약해졌고, 소년 같던 남편은 다정한 아저씨가 되어 곁을 지킨다. 왜 버스 한 정거장도 걷지 못하고 택시를 타야 하냐고 채근하던 남자는 사라졌다. 오히려 그때보다 몸의 상태가 좋아진 지금, 그는 더 섬세한 사람이 되었고, 내게는 사랑 가득한 그의 돌봄을 분명히 인식할 수 있는 행운이 주어졌다. 이제는 주변의 40대와 비슷하게 몸 여기저기에 난 잔고장이 더 신경 쓰이는, 건강하면서도 불편한 몸의 중년이 될 때까지 곁을 지켜준 가족들에게 고맙다.

적절한 고통의 언어를 찾아가는 중입니다

ⓒ 오희승

초판 1쇄 인쇄 2022년 1월 13일
초판 1쇄 발행 2022년 1월 19일

지은이 오희승
펴낸이 오혜영
교정·교열 이미아
디자인 온마이페이퍼
마케팅 한정원

펴낸곳 그래도봄
출판등록 제2021-000137호
주소 03925 서울시 마포구 월드컵북로 400 5층 14호
전화 070-8691-0072 **팩스** 02-6442-0875
이메일 book@gbom.kr
홈페이지 www.gbom.kr
블로그 blog.naver.com/graedobom
인스타그램 @graedobom.pub

ISBN 979-11-975721-7-3 03810